伯爵令嬢は
犬猿の仲の
エリート騎士と
強制的に
つがいにさせられる

MELISSA

伯爵令嬢は犬猿の仲のエリート騎士と強制的につがいにさせられる

茜たま

Illustrator
鈴宮ユニコ

この作品はフィクションです。
実際の人物・団体・事件などに一切関係ありません。

伯爵令嬢は犬猿の仲のエリート騎士と強制的につがいにさせられる

MELISSA

第一章「すぐに初夜」

「ティアナ、力抜け」

私を見下ろして、アデルが言う。

引き締まった肩から胸、そしてお腹《なか》までの鍛えられた筋肉に縁取られた体のライン。

その更に下の硬く熱を帯びたところが、開いた脚の奥に押し付けられるのを感じて、思わず頭《かぶり》を振った。

「無理……!! 大きすぎるよ、ちょっと一回小さくして……!!」

「手遅れだ馬鹿《ばか》」

苦しげに言い、そのままぐいと私の中に押し入ってくる。


私とアデルは六歳の頃《ころ》から同じ学校に通う、ただそれだけの関係で。

もちろん恋人なんかじゃない。

全然仲が良くないどころか、むしろ、かなり気が合わない方なのに。

それなのに、十八歳になった今。

私たちは、男女としての一線を、まさに越えようとしているのだ――。

中庭に、色とりどりの花の蕾《つぼみ》がふくらみかけているのを横目に見ながら、私は美しい装飾の成された回廊を足早に進んでいく。

そこに並ぶのは、かつて騎士たちの居室として使われていた小部屋だ。その扉の一つの前に立ち、ノックもせずに勢いよく開いた。

部屋の奥、中庭に面した出窓に寄せられた大きなソファ。片膝《ひざ》を立てて座ったダークブロンドの髪の青年が、ちらりとこちらを見た。

目が合って、お互いにながー─いため息をつく。

「なんでおまえが俺《おれ》の相手なんだよ……」

心底うんざりしたようにアデルが言うものだから。

「その台詞《セリフ》、全力でお返しするわよバカアデル」

私もかぶせるように、返してやった。


私たちの祖国の話をしよう。

外海へと開けた港を有し、豊かな自然と穏やかな気候に守られて繁栄してきた小国・アリータ公国は、しかし今はもう、地図のどこにも存在しない。

強大な君主制国家・スキニア帝国の侵攻に対して、ほとんど抵抗することなくその支配を受け入れたのだ。

それから十二年。

今や、大陸の西半分を完全に支配しつくすまでにその勢力を広げた帝国の、南の端。旧アリータ公国地方において、私たちは帝国流の教育システムに組み込まれていた。

主立った貴族の子息令嬢は、六歳になると「帝国学院」に入学する。そこで各自の特性を見出《みいだ》され、帝国の役に立つ人材へと長い時間をかけて育成されていくのだ。

その最終段階が、十八歳の春。

帝国学院卒業のひと月前に行われる、「成人の儀」なのである。


私たちはまた、競うように長いため息をついた。

「俺、絶対おまえじゃ勃《た》たないと思う」

「わ、私だって！　あんたなんかじゃ……」

あまりに直接的で失礼極まりない言葉に対して、自分もなにかすごく卑猥《ひわい》な言葉を返してやらなくちゃ、と一瞬頭を巡らした。けれど結局口を閉じる。落ちぶれたとはいえ、伯爵令嬢としてのプライドがあるのだ。

「……全然、ときめかない」

小さくつぶやいて横を向いた私に、アデルはすこし眉《まゆ》を上げて馬鹿にしたように笑った。

「ときめきときたか」

「文句ある？」

「本当におまえはガキくせーな」

ガキってなによ、そっちこそ。威勢よく言い返そうとした言葉をかろうじて飲み込む。だって、いくら喧嘩《けんか》をしたところで、もうなんの意味もないのだから。

「帝国の上層部が決めた相手とつがいになり、子を成すこと」

それが、スキニア帝国の人材育成システムの最終段階であり、帝国の支配の下で生きる貴族の子息令嬢が、十八歳になると必ず受けなくてはいけない「成人の儀」の内容なのだ。

私、ティアナ・クラインは、今夜この、六歳の頃から顔を合わせれば喧嘩ばかり、男子グループ女子グループで対立した時もいつも先頭同士でぶつかって、十歳までは取っ組み合って喧嘩していた、犬猿の仲の同級生、アデル・ベルガーに、初めての……十八年間大事に大事にとってきた……。乙女《おとめ》の純潔を捧《ささ》げなければならないのだ。

窓際のソファに座ったアデル、そしてその前に立つ私。

互いに言葉を発しないまま時間は過ぎて、気付けばアデルが顔を向ける窓の外からは、夕焼けが差し込んできていた。

彼の視線の先に、中庭に面して同じように並ぶ数多《あまた》の部屋の窓が見える。

私たちがいるのは、かつてアリータ大公の居城だった、そして今は帝国から派遣された役人の拠点になっている、旧アリータ城の片隅だ。

今、その一つひとつの窓の中で、私たちの同級生がそれぞれ男女のつがいにさせられている。そして本人たちの気持ちとは関係なく、初夜を迎えることを強制されているのだ。

その事実に思い至ると、私はたまらない気持ちになってアデルの方にツカツカと近付く。

少し驚いたように見上げてくるアデルを無視して、窓のカーテンをシャッと閉めた。

「未練がましく外なんか見ていても仕方ないわよ。組み合わせは決まっちゃったんだからね。もう他《ほか》の人と替えてもらうなんて、無理なんだから」


元アリータ公国の伯爵令嬢でもある私、ティアナ・クラインは、十二歳の時に適性が「文官」と認定された。

最前線で戦う女騎士に密《ひそ》かに憧《あこが》れてはいたけれど、それには男子をも凌駕《りょうが》する馬術や剣術の能力が必要なことは分かっていたから、冷静に認定を受け入れることができた。

それでもなるべく前線に出られる技術を身につけたいと考えて、十五歳からは、特に医術系の科目を選択してきた。卒業後は、近隣で一番大きな都市にある帝国大学の医学部に進学が決まっている。

そして、アデル・ベルガー。

彼も、元アリータ公国の子爵家であったベルガー家の長男だ。

同じように帝国学院で学んできたのだけれど、彼は当然のように「武官」に認定された。

今ではその中でも一番のエリートである騎士コースに所属している。

卒業後どうする予定なのかは知らないけれど、恐らく多くの上位層がそうするように、まずは近隣都市の騎士団に所属して実戦経験を積み、やがては帝都の騎士団を目指すのだろう。帝国内の出世エリートコースだ。

——なんか、ムカつく。

とにかく、私たちはすでに進路が決まっていて、その道に進むため、そしてこれから先もこの帝国の中で平穏に生きていくために、なんとしても今夜、この「成人の儀」を滞りなく終わらせなくてはならないのだ。

「いい？　あなたが卒業後どうしたいんだか知らないし興味もないけれど、その将来のためにも、今夜私たちはその、何がなんでも……この行為を乗り越えなくちゃならないの。できないなんて言ったら反乱分子扱いになるんだからね!?」

「分かってるよ」

うんざりしたようにアデルが返す。

「ったく……自由恋愛まで禁止して完全に管理してくるとはな。政略結婚による家の力の増幅を抑えるためだか優秀な人材の育成管理だか知らないが、帝国は頭おかしいだろ」

「あんたそんなこと言ったら投獄されるわよ！」

十二年前、アリータ大公が賢明にも城を無血開城したため、公国の民にも土地にも大きな被害が出ることはなかった。合理的に整えられた帝国のシステムに、私たちは比較的早くなじんだと思う。

それでも一部の貴族は抵抗を示した。

とりわけこの「婚姻制度の廃止と完全に管理されたつがい制度」には、その年の十八歳を中心に大きな反発が上がったのだけれど、帝国は反抗する若者たちを容赦なく投獄したという。

貴族としての既得権益だけでなく、更に跡継ぎたちまでも奪われた当主たちは、牙《きば》を抜かれたように、この制度ごと帝国を受け入れざるを得なかったらしい。

その年の十八歳たちに比べたら、私たちはずっとましだと思う。

少なくとも六歳の時から、自分は好いた相手と自分の意志で結ばれることはない、と理解して生きてこられたのだもの。

とにかく!!

「いい？　嫌なのはお互い様なの。分かる？　先のことを考えるのは今はよしましょう。とにかく今夜、私たちはこれを仕事だと思って、義務だと思って心を殺して事《こと》を済ませるの。人生にはそういう、乗り越えないといけないことがあるのよ。分かった？」

アデルは白けた顔で、組んでいた足を解いた。

「決死の覚悟、ってワケだな」

そこまで言うのはちょっと失礼なんじゃないかしらと思うけれど仕方がない。私は頷《うなず》いた。

「分かったよ」

立ち上がったアデルが、ズボンのベルトをカチャカチャとほどき始める。黒い革のズボンから、白いシャツの裾《すそ》を引き抜いた。思わず後ずさる私を呆《あき》れた顔で見て、

「おまえも脱げよ。それでそこな」

顎《あご》で示されて振り返ると、壁際に二人でも余裕で寝られるような大きなベッドがしつらえてあるのが見えた。

「っ……」

胸がどきんと跳ねて、顔が熱くなった。必死で頬《ほお》をこすって誤魔化して、平気な顔を作る。

これから起きることは、手術みたいなものだ。これからもこの国で生きていくためにどうしても必要な手術があって、そのために、私はこの医者の前で診察を受けなきゃいけない。

恥ずかしいとか屈辱とか、好き同士が良かった、とか。

そういう次元の話ではないのだ。

大きく息を吸って、着ていたドレスの胸当ての紐《ひも》をほどき始める。

背中にボタンがある服じゃダメよ、優しく脱がしてくれる男子なんかほとんどいないんだから、自分で脱ぎ着できる服装で臨みなさい、と先輩たちから教えてもらっていた通りだ。やっぱりアデルにそんな気づかいはない。優しく脱がされても困るから、別にいいんだけれど。

胸当てを緩め、服の脇《わき》についたボタンを外していく。

その間にアデルは上半身裸になって、ズボンだけの姿でベッドに座ると靴を脱ぎ始めた。

表情は全くもって淡々としていて、その冷静さがすごく悔しい。

一方の私は震える指でホックを外しきると、脱いだ服をソファにかけた。

体を包むのは、もう薄いシルクの下着だけ。頼りない肩紐で、剥《む》き出しの肩から膝の下までを覆う、ただそれだけになってしまった。

気付かれないように、そっと息を吸い込む。体の芯《しん》が震えているみたいだ。

なるべく彼の死角に入るように角度を変えながらベッドに近付く私を、アデルが呆れた顔で見た。

「なに挙動不審になってんだ」

「仕方ないでしょ！」

怒鳴り返して、アデルからなるべく離れた反対側によじ上った。

ベッドの端と端に座った私たちの間に沈黙が流れる。

「やるか……」

ため息交じりにアデルがつぶやいて、私を見た。

カーテン越しに差し込む月明かりと部屋の入り口にかけられたランプの光が、アデルの、感情が読めない表情を浮かび上がらせる。

ゆっくりと立ち上がると三歩こちらに進み、アデルはまたベッドにボスと座った。

目の前に迫った鍛え上げられた胸板に、思わず身を引いてしまう。

その瞬間ベッドから落ちそうになった私の二の腕を、アデルが掴《つか》んで引き寄せた。

耐えられなくなって目をきゅっとつぶる。首筋に反対側の手が触れて、髪をかき上げるように軽く顎を上向かせられて、一瞬、口元に息がかかったような気がしたけれど、それから何も起こらない。

恐るおそる目を開けると、アデルは何かを考えるように私を見て、独《ひと》り言みたいにつぶやいた。

「いや……キスをするのはちょっと違うな」

頬がかぁっと赤くなったのが分かり、暗がりで良かったと思いながら叫び返す。

「そ、そうだよ、やめてよあんたとキスとか……そういうのは、好きな相手じゃなきゃだめなんだから！」

アデルはうんざりした顔になって私の方に傾けていた体を元に戻すと、はいはいうるせーな、と右手の人差し指を耳に突っ込んだ。

「でも、おまえ……意外と胸あるんだな」

その言葉に、ほぼ透けてしまって先端の形までが分かる下着越しの胸元を、反射的に両手で隠す。

「何隠してんだよ、往生際悪いな」

「っ、だ、って……」

言葉に詰まった私を見て、アデルはニヤリと口の端を上げた。

「おまえもしかして、全く初めて？　見られるのも、触られるのも」

「当たり前でしょ!?　ていうかあんたは……」

「俺はまぁ、そこそこ普通に」

「普通にって……」

繰り返して、はっと思い至る。

帝国から強制的につがいを決められるとはいえ、どうしてもその相手に恋愛感情が持てない場合はある。いや、つがい相手と恋に落ちる確率なんて、かなり低いものだろう。

そういった大人《おとな》たちが疑似恋愛を楽しむ場として、夜をひさぐ商売は、実は帝国内で公然と認められているらしい。高い税金目当てに帝国も黙認しているという話だ。

中には「成人の儀」前の若者が出入りしているお店もあるというような噂《うわさ》を聞いたことはあったけれど。

「最低……騎士コースの奴《やつ》ら調子に乗りすぎだわ！　何が普通よ、バカじゃないの」

「健全だろ。成人の儀の一発勝負で失敗したら悲惨だし、練習は必要だって先輩が」

「——コルネリア様が好きなくせに、よくそんなとこ行けるわね」

思わず口をついて出た言葉に、アデルはヘーゼルの瞳《め》をふわっと見開いて、私を睨《にら》んだ。

「なんだよそれ」

「なんだよじゃないでしょ。六歳の頃からずっとずーっと大好きなコルネリア様。もしかしたらコルネリア様のつがいになれるんじゃないかって、期待して頑張ってきたんでしょ」

残念だったわねと続けると、アデルはパッと横を向く。

あ、耳が赤い。

「おまえだって」

おもむろにこちらを見るアデルの顔に、意地悪げな笑み。

「ユリウスだろ。残念だったな」

一瞬なにを言われたか分からなかった。理解すると、かぁぁぁっと頬が熱くなる。口を開いたけれど、とっさに言葉が出なかった。

コルネリア様……コルネリア・アリータ様は、私たちの祖国・アリータ公国の最後の公女。本来なら、私たちが仕えるべきだったはずの方だ。

そしてユリウス様……ユリウス・ハーン様は、アリータ公爵家に代々仕えてきた騎士団長の子息で、二人とも私たちと同い年。六歳からずっと共に学院に通ってきた、同級生でもある。

「わ、私は……ユリウス様のことは、その、憧れていただけだし……」

「俺だってそんな程度だ」

「嘘《うそ》ばっかり」

きっぱりと言ってやる。

アデルがコルネリア様を見る時の、優しくてせつない目線の意味を、私は知っている。

「すごく好きだったくせに。……あ、今もか」

そのコルネリア様とユリウス様は、今回の「成人の儀」でつがい同士になった。

そういう奇跡も起きるのだと、それが今年の「成人の儀」の一番の驚きで、同級生たちは大騒ぎになったものだ。きっと後輩たちの希望として、これからも語り継がれていくのだろう。

「……仮にそうだったとして」

アデルが私の肩を掴み、少し乱暴にベッドに倒した。見たことがない角度で見下ろされて、ひゅっと息をのんでしまう。

「もう俺たちには関係がない。そんなに嫌ならずっと目をつぶって、ユリウス相手だと思っていればいい」

「あんたこそ、私をコルネリア様だと思えるなら……」

下着が肩から下ろされて、こぼれた胸をアデルが荒々しく掴んだので、それ以上言葉を続けることができなかった。

「おまえ、少し黙ってろ」

見下ろしてくる冷たい目に息をのむ。そんな私を一瞥《いちべつ》して、アデルは胸を持ち上げるように手を添えて、その先端に唇を寄せた。

舌先がちろちろと小さく動き、胸の先をなぶる。

「っ……ぁん……」

ぞくっとした感触が体に広がり、なんだか変な声が聞こえると思ったら、それは自分の喉《のど》からこぼれた声だった。アデルが胸の先をぺろりと舐《な》めながら、動揺する私を上目遣いに見てニヤリとする。

「エロい声」

「ち、がいます!!　条件反射です!!」

「何敬語になってんの」

ふっと笑って、アデルは私の下着を、するすると更に下げていく。

ひどく混乱していたけれど、動揺していることに気付かれたくなくて、ちゃんと儀式に協力している姿勢を示したくて、私は下着を脱がせやすいように腰を浮かせた。

でも、下着が全部足から抜かれて身にまとうものが何もなくなり、すぅっとした空気が全身をなぞると、もうたまらなく心細くなって、太ももをきゅっと閉じ合わせてしまう。

アデルは、私の胸の先からだんだんと、胸の下の皮膚の薄いところ、おへそ、と唇を落としていく。

「おまえ、普通に女の体になってんのな」

ククッと笑う。

「昔はつるつるのぺったんこで走り回ってたくせに」

「っ……な、そんなこと……!!」

ぎょっとしてアデルを見る。

「覚えてねーの？　四、五歳の時かな……浜辺でどこかの家のパーティーがあった時だと思うんだけど、水着を嫌がって素っ裸で海に駆け込んでいったんだぜ、おまえ。すげー奴がいるなって俺思ったんだよな、幼な心に」

な、なにそれ……そんなの、全然覚えてないっ……でも、普通それを、今この状況で言う!?

「私だって、覚えてるわよっ……あんたが、大量の蛙《かえる》を捕まえてきてコルネリア様の机に入れたもんだから大騒ぎになって、私が仕返しの決闘状を持っていったのよね」

「うるせ」

うんざりしたようにアデルはため息をついて、小さくつぶやく。

「蛙、可愛《かわい》いと思ってたんだよ……」

可愛いと思って、だから、コルネリア様にあげたかったのか……。

鬼の首を取ったように記憶を披露した私は、なんだか気まずくなって黙ってしまう。

小さく息をついたアデルの手が、私のおへその下に触れた。

「いいか、ティアナ」

アデルの表情が微《かす》かに変わる。静かに私を見下ろした。

「これから、俺はおまえの……もっと深いところを触って、少し痛いこともして……それで、ここに俺の……子種を、注ぎ込まないといけない。それが、この帝国で生きていく俺たちの、覚悟だ」

アデルの言葉になんだか涙が出てきそうになって、顔が見られないように横を向いた。

「わ、分かってるわよ……明日身体検査もあるんだし、私だって覚悟してきたんだから……今さら、気なんて使わなくていい」

「どうしてもきつかったら、ユリウスって呼んでいいから」

なに、それ。

アデルに分からないように、下唇を噛《か》む。

「……わ、分かった。あんたもコルネリア様、って呼んでいいわよ」

「呼ばねーけどな」

そうよね。私とコルネリア様じゃ大違いだもんね。

不意に太ももから膝にかけてをアデルが優しく撫《な》でたので、きつく閉じた脚から力が抜けてしまう。

その瞬間、アデルが私の両脚を大きく割り開いて、間に体を押し入れてきた。

びくっとして目をやると、いつの間に脱ぎ捨てたのかアデルの下半身も剥き出しになっていて、そこにあるものに手を添えて、私の両脚の奥にあてがおうとしているところだった。

「つ、使えそう……？　アデルの……」

あまりの混乱の中、なんて言っていいのか分からなくて、伯爵令嬢としてはとんでもなくはしたないことを聞いてしまった気がする。

「……こんな体見たら、余裕だろ」

小さくつぶやいた言葉に驚いて顔を見ようとした時。私のその場所にアデルのものが、ぐっと押し当てられてきた。

「痛い、ちょっといったん小さくして！」

私の叫びに「手遅れだ」と答えたアデルだけれど、そこが強張《こわば》ったようにまだ受け入れられないでいるのを感じたのか、少し腰を引いた。

ほっとしたのもつかの間、そのまま両膝に手が置かれて、左右に大きく開かれる。

あまりのことに心臓が止まりそうになった。

「え、ま、や、なに……」

「舐めてやる」

私の脚の間、自分でもよく見たことがない場所に指を添えて、ぴったり閉じた場所をくちりと開くと、アデルはそこに顔を寄せようとした。

「や、やめて!!」

ほとんど悲鳴のような声が出る。アデルの動きが止まった。

「そんな、の、だめ……す、好き同士じゃないと、やだ……」

「おまえ……」

体を起こしたアデルが、びくっとするほど冷《さ》めた目で私を見た。

「この期に及んで、まだそんなこと言ってるのか。覚悟できてなさすぎだろ……」

「ご、ごめん……でも」

「ユリウスだと思えよ」

「無理無理無理無理無理、全然違うもん」

私の叫びに、アデルはさすがにイラッとした顔をした。

「じゃあ、無理にでも挿れていいんだな？」

静かな声で体を起こすと、再び硬く濡《ぬ》れたものが押し当てられる。

反射的に引こうとした私の腰を、ぐっとアデルの両手が逃がさないように掴んだ。

さっきはずいぶん、優しく進めてくれていたんだとその時分かった。

引けなくなったその場所に、アデルのものが今度こそ強く押し当てられる。

軽く舐めた片手の指先で、くちりと入り口を開いて、そのまま私を見下ろして。

「行くぞ……目つぶってユリウスのこと考えてろ」

小さく言うと、私が何かを返す前に……ずっ……ずずっ……と、それが入ってきた。

っ……。

あそこが大きく開かれる感触。ヒリヒリと熱い火で焙《あぶ》られているみたい。

目を開いて見上げると、アデルが心配そうな表情で私を見ている。

——心配そうな……？

かすんだ目を、アデルの右手が隠すように覆った。

「泣くぐらいだったら目、つぶってろ」

そっか、私泣いている……？

ずりゅりゅ、と私の中にアデルが入ってくる。ゆっくりゆっくり、閉じた場所をこじ開けていく。

「っ……んっ……」

漏れた声は自分の声じゃないみたい。泣き声なのか、違うのか……。

繋《つな》がった場所が熱くて、目の奥も熱くて、胸が焼けるみたいで。

もう、私の中はぐちゃぐちゃだ。

「力抜け……なるべく、早く終わらせるから」

はぁ、と息を漏らすようにしてアデルが言う。

「あ、んっ……んんっ……」

奥にまで入ったアデルが、ゆっくりと動き始めた。

私のお腹の奥、自分でも触れたことがない奥の奥に。

恋人でも、夫でもない、想い合ってすらいない人の、体の一部が擦《こす》れている。

私の体の深いところが、アデルの形に変わっていく。

「くっ……」

アデルが息を漏らす。繋がった内側で壁の一部をコリコリと擦られると、力が抜けそうになって腰が浮いてしまう。手の行き場がなくて、必死でシーツを握りしめた。

私たちは、ずっとずっと仲が悪くて。

顔を合わせたら喧嘩ばかり。

六歳の頃から、十八歳の今まで。

何をするにも反対のことを主張して、コルネリア様をどっちが守るかで対立して、ユリウス様と私が仲良くしているとか揶揄《からか》われて、いつだって喧嘩してばかりだった。

十歳までは取っ組み合いで泥だらけになって、だけど十一歳の時に、アデルから突き飛ばされた私が川に落ちるという事件が起きて、それ以降、喧嘩をしてもアデルが手を上げることはなくなった。

アデルなんか、アデルなんか。

アデルが、私の中を往復する。だんだんそのスピードが速くなってきて、はぁ、と息をつく声に涙目を開くと、何かを堪《こら》えるような余裕のない表情で私を見下ろしてくるアデルと一瞬目が合った。

ぱちゅぱちゅ、といやらしい音。

アデルなんか……。

さっき堪えたはずの、別の涙が込み上げてくる。


私、私はずっと……アデルのことが、大好きだったのに。


「成人の儀」が終わる。

私は、ずっと好きだった人と、初めての夜を迎えて、この恋を、永遠に封印しようと決めた。


「ティアナ・クライン……はい、問題ありません。成人の儀、無事終了ですね」

翌日、帝国学院の一画で行われた女子生徒の身体検査の後。個室で行われる問診で、私は顔見知りの女性医師から結果を聞かされた。

「今回は妊娠には至っていないみたいね。まあ、そこは気長にいきましょう」

彼女は、何もかも分かっているような複雑な笑顔で私を見て、優しく言う。

問診が予定の時間よりだいぶ押して待たされたのは、たくさんの女子生徒たちの複雑な感情を受け止めながらの仕事だったからだろう。

大変な仕事だわ、と思いながら、お礼を言って部屋を出た。

まだ脚の間がじんじんとして、異物感がある。

ここにアデルが、アデルの一部が入っていたなんて、信じられない。こうして明るい日差しの中にいると余計に、あの時間は夢だったんじゃないかな、なんて思えてきてしまう。

「ティア！」

廊下の向こうから、すらりと背が高い女子生徒が歩いてくる。

「コルネリア様！」

小走りに駆け寄ると、花がほころぶように微笑《ほほえ》んでくれた。

「お疲れ様。問診終わったのね。待っていたのよ」

コルネリア様の後ろから、この十二年間一緒に勉強してきた同級生の女子たちが数人顔を出す。

みんな、昨夜同じように初めての夜を越えたのだ。そう思うと、なんだか恥ずかしくなってしまう。

「ティア、大丈夫だった？」

エラが心配そうに言うと、他の子たちもうんうんと頷いた。

今年の儀式で一番大変なつがいを引き当ててしまったのは、学年中が認める犬猿の仲であるアデルと私、ということになっている。

私はぎゅっと鼻の頭にしわを寄せてみせた。

「もう、人生最悪の一夜よね。思い出したくないからきれいさっぱり忘れることにしたわ」

いつもの調子で答えると、みんなはホッとしたような顔になる。

「それよりみんなはどうだったの？　話してよ、エラ」

「ええ、そんな、だめよドキドキしちゃうわ」

きゃあきゃあと声を上げて、どこか浮き立った様子で歩き出す同級生たちの後について歩きながら、コルネリア様をそっと見上げる。

白磁の器のようになめらかな肌。光を集めて発光するような金色の髪。朝露に濡れたバラのような唇。――まるで春の妖精《ようせい》みたい。なんて美しいのかしら。

コルネリア様がいる限りアリータ公国は滅んだわけではない、とまで謳《うた》われる美貌《びぼう》。そして、誰《だれ》にでも分け隔てなく接する優しさと、いつまでも決して失われない気高さ。

アデルが好きになるのも当たり前だわ。

私だって、今も昔もずっと、コルネリア様が大好きなんだもの。

「ユリウス!!」

コルネリア様が、華やいだ声を上げる。

廊下の奥、騎士コースに選抜された生徒だけに許された白い制服を着た一団が見えた。

「ユリウス、よかったら今夜、食事にいらっしゃらない？　お父様も喜ばれるわ」

長身の生徒が多い騎士コースの中でも抜けて背が高いユリウス様が、優しい表情でコルネリア様を見つめている。

アッシュがかったプラチナブロンドの髪は緩くウェーブして、その下の緑色の瞳《ひとみ》が宝石のようにきらめいている。

ユリウス様とコルネリア様が並ぶと、まるで美しい絵画から抜け出したみたいで、私たちはいつだって見惚《みほ》れてしまうのだ。

「ユリウス」

その後ろから、スッともう一つ影が出てきた。

心臓がびくっと跳ねる。

つい半日前、私とベッドを共にしてせつない息をついていたアデルは、いつものように白い制服を少し着崩して、短めのダークブロンドの髪の下、ヘーゼルの瞳が冷たく光る。

「俺たち先に行ってるから」

そう言って、他の騎士コースの生徒たちと共に私たちの横をすり抜けていく。

私を見ることもなく……と思ったら、隣を通り過ぎる時、少し身を屈《かが》めて小さな声で囁《ささや》いてきた。

「ユリウスのこと見すぎ。そのうちバレるぞ」

――そうか。そういう風に見えているのか。

私はなんだか、おかしくなってきてしまう。

私の本当の気持ちをアデルが知ることなんて、きっと一生ないんだろうな。

振り返らずに去っていく白い制服の背中を見ながら、私は微かに唇を噛んだ。


その日の夜。女子寮の自分の部屋で日記帳を開いた。

昨日の夜のことを書こうとして、でもどうしてもペンが進まない。

ため息をついて前のページをパラパラとめくる。「アデルが」「アデルの」「アデルを」そんな言葉がどんどん目に飛び込んできて、思わず苦笑してしまった。

私はずっと、アデルのことを見つめていた。でも私がそんな気持ちを抱いているなんて、誰も気付いていないだろう。私たちは学院でも有名な「犬猿の仲」だ。

――ユリウス様とコルネリア様が仲睦《むつ》まじく話している様子を見て、アデルこそどう思ったかな。

せつない想いを抱いていたのではないかと思うと、胸が苦しくなる。アデルは、コルネリア様を守る騎士になるために、厳しい鍛錬に耐えてきたというのに。

なのに、よりによってつがいの相手が私になってしまうだなんて。

「ティアナ、起きてる?」

扉がノックされた。慌てて目元をぬぐって振り返ると、戸口からレーニが覗《のぞ》いていた。

「うん、どうしたの?」

「エラの部屋に集まってお話ししない? さっきね、イリーナがつがいのゲルトに呼び出されたの!」

笑って頷くと、私はお菓子の入った籠《かご》を持って立ち上がった。今夜は長いお話し会になりそうだ。みんなとおしゃべりしていれば、少し心が晴れるかもしれないな、と思う。

私はずっとアデルのことを見つめていたから、常にアデルの視線の先にはコルネリア様がいることにもとっくに気付いていていた。

来月には私たちはこの学院を卒業して、それぞれの場所に旅立っていく。アデルとはあのまま……仲の悪い同級生、という関係のまま別れた方が、心がずっと楽だったような気すらしてしまう。

昨夜、私を見下ろして、熱い息を漏らしたアデル。まだ体の奥に、優しくなぞってくれた感触と、アデルの熱が残っている。これから先そのすべてを忘れて、なかったことにして生きていくことなんて、本当に私にできるのだろうか。

「つがい相手から呼び出されたら、これからも私たち、ああいうことしないといけないのよね。ああ、だんだん上手《じょうず》にできるようになっていくのかしら」

顔を赤らめて声をひそめるレーニは、すごく可愛い。

「大丈夫よ、ちゃんと相手を思いやれればうまくいくって先生たちもおっしゃっていたじゃない」

そんな風に答えながら、ちょっと悲しくなってしまう。

だって、みんなと違って、私がもう一度アデルに呼ばれることなんて絶対にないのだから。


そう思っていたのに。

その翌日の夜、アデルは私を学院の寮の離れに呼び出したのだ。


帝国学院の寮の離れは細長い造りになっていて、小さな個室が並んでいる。

卒業直前に「成人の儀」を済ませた生徒たちの、逢瀬《おうせ》のためだけに使われる場所だというのは有名な話で。もちろん私は、そこに足を踏み入れるのは初めてだった。

おとといの「成人の儀」の部屋を質素にしたような部屋の様子をきょろきょろと見ていると、アデルが入ってくる。今日はこのあいだよりラフな普段着だ。サスペンダーが少し可愛い。

「どうしたの？　なにか問題でも起きた？」

なぜ呼ばれたのか分からなくて、眉を寄せてアデルを見た。

「コルネリア様だったら大丈夫だよ？　コルネリア様は私たちの儀式の内容を根掘り葉掘り聞かれるような方じゃないでしょう？　私もなにも余計なことなんて話していないから安心して……」

「脱いで」

アデルが無表情に言い放つ。

言葉の意味がよく分からなくて、「はい？」と首を傾《かし》げた。

「子供、できていなかったんだろ。またするから脱いで」

「ちょっと待ってアデル!!」

思っていた以上に大きな声が出た。

サスペンダーを腕から外していたアデルが目を上げる。

「ね、アデルが意外と真面目《まじめ》なのは知ってるけど、でもいいんだよ？　そんなにここで努力なんかする必要ないんだから」

そう。私は知っている。

アデルはなんでも簡単にできるように見えて、反感を買ってしまうことも多いけれど、実は、裏で誰よりも努力をしている人だということを。

だけど、だけどここは、いいよ。アデル。

「あのね、私、学院を卒業したら、リュートックの帝国大学の医学部に進学が決まっていて、お父様もお母様も説得済みなの。だから、ここに残って子供を育てなくちゃ他に行く場所がない、なんてわけじゃないの」

卒業後、進学をする女子生徒は実は少数派だ。

大多数は、つがいになった相手の子供を実家で育てる人生を選ぶ。男子生徒は町を出て進学したり働いたりすることが多いけれど、時々会いに帰ってくるのだ。

生まれ育った場所で子供を育てる人生は、とても幸せで満ち足りているだろうし、帝国に生きる女性にとって最《もっと》も優先するべき仕事だと言われている。

ただ私は、すでに他の道を選んでしまっているのだ。

「だから私は、子供ができなくても別に大丈夫だから。女医師として生きていくし」

言って、ハッとした。

「アデルはもしかして、子供が欲しいの？　そうか……アデル、長男だもんね……」

それは困った。確かに私がつがいでいる限りは、アデルは公式に私以外の人と子を成すことはできないのだ。それに、定められたつがい同士で子供を作れば、帝国から結構な額の報酬金が出るはずだ。

もしかして、アデルはそれを狙《ねら》っているの……？

「あとは、帝国相手に訴訟を起こすとか……確か帝国内ではつがい解消の判例があったと思う。これからアデルが騎士として帝国で仕事をしていく上での経歴には傷が付くことになってしまうかもしれないけれど、アデルにその覚悟があるなら……」

「そんなに嫌だったか」

言葉を遮られて顔を上げると、アデルがじっと私を見ていた。

その真剣な目線に、一瞬言葉が喉に張り付く私を見て、ふっと笑う。

「そりゃそうだよな。大嫌いな相手に抱かれたんだからな」

あ……。

こうなると、私は何も言えなくなってしまう。アデルは、でも、と続けた。

「おまえの気持ちとは関係なく、俺とおまえはつがい同士なんだ。俺には、おまえを抱く義務がある」

義務……。あんまりな単語に言葉を失う私を見て、アデルは薄く笑った。

「手を突け。それならお互い顔が見えないだろ」

私の表情から視線をそらすように、アデルは私を後ろ向きにさせた。

スカートがたくし上げられるのを感じながら、ベッドに手を突いて、前屈みになってしまう。

ドロワーズも下ろされて、はしたなく突き上げさせられたお尻《しり》。ぬち、とその場所に、アデルの指が入ってきた。

「やっぱりまだキツいな……ちょっと慣らすぞ」

冷めた声。中の壁が、アデルの指でゆっくりと擦られ始める。

「っ……んっ……」

声が漏れそうになって、慌てて唇を噛んだ。

昨日の昼間、コルネリア様とユリウス様が仲睦まじくしていた様子を思い出す。

二人の姿を見て、アデルはやっぱり悲しかったんだ。

ずっとずっと大好きだったコルネリア様が、公然とユリウス様のものになって。

一方自分は、昔から喧嘩ばかりの私と強制的につがいにさせられて。

だから、そのやるせない気持ちを、私にぶつけているんだ……。

「ひぁ!!」

ぬめりとした温かいものが中に入ってきて、腰がびくりと跳ねた。

驚いて振り返ると、アデルが屈み込んで、私のその場所に口を付けているのが見えた。

「や、待って、なんで!? 駄目だって言ったのに……ひ、ぁんっ……」

声が漏れてしまい、泣きそうになる。

そんな、ところ。

そんな、いくら一度貫かれたとはいえ、身体の中で一番恥ずかしい場所を。

アデルが、あのアデルが舐めているなんて。

「柔らかくしねーと気持ちよくならないんだよ」

アデルが、ぷちゅりと口を離して言う。

気持ちよく、なるために……私を道具みたいに扱ってるの?

みじめさで涙があふれる。

だけど私のその場所は、アデルに舐められたことで信じられないくらい熱くしびれて、浅ましく溶けだしたものが奥からあふれ始めていた。

「行くぞ」

硬くなったものをアデルが押し当てる。

ずりゅりゅっ……と、この間とは比べ物にならないくらいの勢いで、それが入ってきた。

「ひゃぁっ……んっ……! ま、待って、あんっ……」

ベッドのシーツをぎゅっと握りしめる。

後ろ、からだと、この間と全く違うところが擦れて……力が入らない。

「……くっ……中、とろとろになってる……」

息を吐き出しながらつぶやくと、私の体に覆いかぶさるようにして、アデルはしばらくじっとしている。

熱い体温が背中から伝わってきて、繋がった場所が、じんじんと熱を高めていく。

「きもちい……動くぞ」

そう言って、いったん私の中から引き出して……抜け切るぎりぎりで止めて、また中に戻してくる。

ぱちゅ。

「ひぁ!!」

「力、抜け……」

アデルが手を前に回すと、二人が繋がった少し上……ぷっくりふくらんで熱を集める小さな場所を剥き出しにして、ちょこちょことくすぐった。

「ひぁぁん！　ま、待って、アデルっ……!!」

信じられないしびれたような刺激が頭まで走って、はしたない声を上げてしまう。

アデルは、私を後ろから押さえ込むようにして、その小さなところをくすぐり弾《はじ》きながら、ぱちゅぱちゅと中を擦り上げていく。

休む間もなくどんどん突き上げてくるアデルの動きに、息が止まってしまいそうで。

「や、やだ、アデル、あ、っ、アデル、だめ、あんっ……!!」

「もっと呼べよ……」

かすれた声で、アデルが小さくつぶやいたのが聞こえた気がした。

その晩、アデルはもう一度、今度は正面から抱きしめるように私を抱いた。

決してキスは、しなかったけれど。


その日、私は夢を見た。

中等部の制服を着た私が、図書館の窓から外を見ている。

視線の先にいるのはアデルだ。裏庭で、一人で剣の練習をしている。

その日の校内試合で、ユリウス様に僅差《きんさ》で負けてしまったらしい。ユリウスは別格だからな、とすれ違った男子生徒たちが話していた。

だけどアデルは諦《あきら》めない。みんなが帰ってしまっても、毎日ここで練習をしているのだ。

「アデル」

小さくつぶやく。握りしめたハンカチを、アデルに差し出したくて仕方がない。

なのに、血がにじんだ手で額の汗をぬぐったアデルが目を上げると、私はとっさにカーテンの陰に身を隠してしまった。


アデル。

私はいつも、あなたを見ていたの。
あなたが、私を見てはいなくても。

第二章「図書館で、声を殺して」

明るい日差しの下、私はレーニと二人で帝国学院の外廊下を歩いていた。

「ねえティアナ、この間、家に帰っていたけれど、どうだった？」

「どうって、進学の書類をお父様に見せなくちゃいけなかったから帰っただけよ？」

レーニは小さく肩を丸める。

「なんだか私、お母様たちの顔を見るのが恥ずかしくなっちゃって」

帝国学院の高等部は全寮制だけれど、一泊程度なら簡単な手続きで帰ることができるので、週末は家族と過ごす生徒がとても多かった。

だけど「成人の儀」以降、みんながあまり家に帰っていない様子なのは、私も気付いていた。

「分かるかも。私もちょっと気まずかったもの。お父様はもちろん、お母様も『成人の儀』のことは何も言わなかったけれどね」

「そんな、なにか聞かれたりしたら、私恥ずかしくて死んじゃうわ」

真っ赤になって頭を振ったレーニは、そっと私を見て続ける。

「……あのね、エルマーに、週末一緒に街の市場にでも行かない？　って誘われたの」

「え、すごい、デートじゃない！　エルマーやるなぁ」

「でも緊張しちゃうよ。二人で出かけるなんて初めてだし、何を着たらいいのか。今度、相談に乗ってくれる？」

「当たり前じゃない、すっごい可愛《かわい》い格好で行っちゃおうよ」

顔を見合わせてクスクスと笑う。「成人の儀」までは、私たちの間では恋愛めいた話題は自然と避けられていた。だからこういう話ができるだけでも、すごく新鮮で楽しい気持ちになってしまう。

教員室に向かうレーニと別れて、私は外廊下を曲がった。授業で使った資料本を図書館に返しに行くのだ。

いいな、デートか、素敵だな。

もしもアデルとデートができるなら、どこに行くのがいいかしら。隣町のタルトが美味《おい》しいカフェに連れていってあげたいし、ああ、でもアデルが剣や防具が売っているようなお店に行きたいならそれでいいわ。だって私もそういうお店、実は大好きなんだもの。

でもやっぱり一番は、アデルの馬に乗せてもらって、ただこの国の景色の中を走りたい。

私たちが生まれ育ったこの土地のあちこちを、二人で見て回るのだ。そして一緒に、色々な季節を感じることができるなら……。

……そこまで想像して、慌てて頭《かぶり》を振った。いけない。完全に現実逃避してしまった。

声が聞こえた気がして学院の東門の方向を見ると、剣の訓練を終えた騎士コースの生徒たちが訓練場から戻ってくるのが見えた。目を凝らさずとも、その中にアデルがいるのが分かる。最近の私の五感は研ぎ澄まされていて、声も姿も、すぐに彼を見つけてしまうのだ。

数人の仲間たちと並んで歩いてくるアデルが、隣を歩く同級生になにかを耳打ちされて、呆《あき》れたようにニヤリとした。更に反対から別の生徒に何かを言われて、我慢できないように破顔する。

普段はクールで目つきも鋭いものだから、女の子たちからは「美形だけど怖い」なんて言われている彼が、男同士だと時折見せる笑顔はとても無邪気で可愛いのだ。

胸の鼓動が速まって、体の芯《しん》がカッと熱くなる感覚を覚えて、私は思わず廊下の柱の陰に隠れた。

本を抱え直して呼吸を整え、ついでに前髪を整える。

私の栗《くり》色の髪は、どうしてこうくせっ毛なんだろう。もっと、コルネリア様みたいにつややかに風になびいてくれたら、アデルだってもしかしたら、綺麗《きれい》だなって思ってくれたかもしれないのに……。

「ティア」

涼やかな声がして顔を上げると、廊下の向こうから長身の男子生徒が歩いてくるところだった。

白い制服のジャケットの上に羽織ったロイヤルブルーのマントがあまりにも眩《まぶ》しい。

「ユリウス様……!!」

思わず背筋を伸ばしてしまう。

昔から、ユリウス様の前に立つと自然とそうなってしまうのだ。子供の頃《ころ》没頭して読んだおとぎ話に出てくる王子様。公国が滅んでから、私たちは「王子様」という存在を見たことがなかったけれど、きっとユリウス様みたいな方なんだろうと思う。

「どうしたんだい？」

柱の陰で息をひそめる私の顔を覗《のぞ》き込んで、視線をたどるように東門の方角に目をやると、ユリウス様はくすりと微笑《ほほえ》む。

「アデルを待っているの？　呼んでこようか？」

「ち、違うから大丈夫!!」

焦って、ぶんぶんと片手を振る。抱えていた本がバランスを崩して、ぐらりと揺れた。

「おっと」

華麗にその本を、まるで重力がないように受け止めて。

「図書館に行くの？　手伝うよ」

「え、そんな、いいですよ！　ユリウス様こそ、忙しいんじゃないですか？」

そういえば、さっき剣の練習場から戻ってくるメンバーの中にユリウス様はいなかったな、と思いながら聞くと、ユリウス様は私の抱えた残りの本もさっと受け取って、先に立ってゆっくりと歩き出してしまう。

「ちょっと用事があって。学院長のところに行っていたんだ」

爽《さわ》やかに微笑んだ。

「そうだ、ティアも聞いているかもしれないね。コルネリアが卒業前に屋敷で夜会を開きたいって言っているだろう」

「ええ、だけど、学院長から集会の許可が下りるかしらって心配されていました」

「そう。だから僕が申請したんだよ。生徒会の次の学年への引き継ぎ行事としてね。多分通ると思う」

「それは、コルネリア様も喜ばれますね！」

コルネリア様の笑顔を想像して、私の声も弾んでしまう。

十二年前の、つがい制度に対するいわゆる「十八歳の反乱」以降、帝国側は若者が集団で集まる機会をとても警戒している。公国の夜を彩った数多《あまた》の夜会やパーティーは、すっかり影をひそめてしまった。

そんな中、コルネリア様のために夜会を開催できるように取り計らうなんて、さすがユリウス様（私たちの学年の生徒会長でもある）は有能だ……!!

「さすがユリウス様！」

私が両手をぐっと握りしめて言うと、ユリウス様は苦笑して、

「結局ティアは、僕のことをずっと『様』付けで呼び続けたね」

そりゃそうですよ、と私は大きく頷《うなず》く。

「私たちにとって、コルネリア様はもちろん、ユリウス様は永遠にユリウス様、ですもの」

「それはとても光栄なことなんだけれどね？　でも、最近時々思うんだ」

立ち止まって、ふっと笑って私を見た。庭から差し込む光が、彼の髪の毛にきらりと映える。

「ユリウス様……？」

「ユリウス様、じゃなかったら、もっと違う未来があったんじゃないのかな、て」

少し寂しげに微笑んでみせるユリウス様の、その言葉の意味を聞き返そうとした時。

「ティアナ」

低い、よく通る声。ドキッとして声の方を向くと、いつの間にそこにいたのか、中庭の花壇の向こ

うにアデルが立っていた。

さっき仲間といた時に見せていた可愛い笑顔は消え失《う》せて、なぜだかひどく不機嫌な顔をしている。

私が瞬きする間に、ひょいと花壇を跨《また》いで私たちに近付いてきた。

「アデルお疲れ様。今、ティアのお手伝いをしていたんだよ」

「そうか。あとは俺《おれ》がやるからおまえはもう行っていい」

アデルはユリウス様の手から本を、有無を言わせない様子で受け取ると、

「行くぞ」

私に短く言って、そのまままずんずんと歩いていく。

「え、ちょ、ちょっと待ってよアデル！　もう、ほんっと勝手。ユリウス様、失礼します！」

手を振ってくれるユリウス様が、なんだか少し寂しそうに見える。さっきの言葉の意味も気になったけれど、私は小走りにアデルの後を追った。

「アデル、別にそれ、大丈夫だよ？　私一人で運べる量だし」

「ユリウスには大人《おとな》しく頼るくせに、俺には任せられないのか」

こちらを振り返らずに言う。その口調に苛立《いらだ》ちの気配を感じて私は少し戸惑ったけれど、すぐにその理由に思い至った。

騎士コースの首席は、ここ数年ずっとユリウス様とアデルが競っている。

剣術・馬術・体術・座学……。アデルはその間、なにくれとなくユリウス様に勝負を持ちかけてはしのぎを削ってきたらしい。二人の真剣勝負は騎士コースの名物だ、なんて言われていたけれど、私

はその理由を知っている。それらはすべて、ユリウス様を超えてコルネリア様にふさわしい騎士になりたいという、アデルの一心から来るものだったのだ。

だけど、結果コルネリア様のつがいとなったのはユリウス様なわけで……。そりゃあもう、どんなに些細《ささい》なことにおいても負けたくないよね……図書館の本を運ぶようなことでさえも。

気分を変えさせてあげたくて、私はとれたて新鮮な情報を披露することにした。

「あのね、ユリウス様に聞いたんだけれど、コルネリア様が夜会を開いてくださるんですって！」

アデルは黙って歩いている。

「驚くでしょ？　パーティー、それも夜の集まりなんて私たちの記憶にある？　コルネリア様は、きっと先日帝都から取り寄せた、薔薇《ばら》色のドレスをお召しになると思うの。お店から届いた時に見せていただいたのだけれど、本当に本当に綺麗なのよ？」

素敵なドレスを着るコルネリア様を想像したら、アデルも少しは元気になるかもしれない。そう思いながらコルネリア様のドレスがどれだけ素晴らしいかをできるだけ具体的に説明する私を振り返らずに、アデルは図書館の重い扉を開いた。

中途半端な時間だからか、図書館の中に人はまばらだった。

「おまえはどんな服を着るんだ？」

持ってきた本を未処理棚に置きながら、アデルが予想外のことをぼそっと言った。

「どうだろう……まだ考えていなかったけれど。でもまぁ、私は制服でもいいし」

「ユリウスは薔薇よりも金蓮花が好きだから、おまえはそういうのがいいんじゃないか。琥珀《こはく》色とか」

思いもかけない言葉がアデルから発せられて、私は驚いてしまう。

琥珀色が似合うとアデルに言われたのが嬉《うれ》しくて（ちょっと違うかもしれないけれど）、ドキドキする気持ちを隠そうと、えへへと笑った。

「なにそれ。ユリウス様は、どんな小さな道端の花でも見つけてくれるような人だから。それに……」

ユリウス様の好きな色を着ても仕方ないし、と続けようとした私の腕が不意に掴《つか》まれた。

本棚の陰、中央から死角になる角度で、本棚と自分の体で挟むように、アデルは黙って私を見下ろした。

「アデル？」

恐るおそる見上げると、顔を傾けて近付けてきて……キスされる？　とキュッと目をつぶる。でも、やっぱりそのまま何かが触れることはなくて。そっと目を開くと、アデルは下を向いて、ゆっくりと息をついた。

それから顔を上げて私を射るように見る切れ長の瞳《め》の奥には、静かに炎が灯《とも》っている。

彼はそのまま私の制服のスカートをたくし上げて……太ももの間のその奥に、下着の隙間《すきま》から指を差し入れた。

「えっ……!?　や……」

昼間の学校でいきなりこんなことをされるなんて、予想していなかった。驚いてアデルの胸を押し返す……けれど、びくともしない。

「濡《ぬ》れてないな……」

入り口を指先でなぞり、アデルは小さくつぶやいた。私と目が合うと意地悪にニヤリとする。

「ユリウスと話したら、すぐに濡れるんじゃないのか？」

かぁっと顔が一気に火照《ほて》る。

「何言って……人を何だと思ってるの！」

アデルは、はあっと息を漏らして、シャツのタイを緩めた。

「抱くぞ」

「嘘《うそ》、嘘でしょ？　バカじゃないのこんなところで……」

「声出さなきゃばれない」

その指が、ちゅくり、と更に奥の方へと入ってきた。


帝国学院の建物は、元々公国の貴族議会だった。

中でも図書館は、公国時代からの膨大な蔵書を誇る、この地方最大のものだ。全体は大きな円形の三階建てで、中央のホールは吹き抜けになっていて、それを囲むように各階に書棚が並んでいる。

今私たちがいるのは、その一階の、中央から恐らく五列目くらいの本棚の端だ。

アデルは、向かい合った私の身体《からだ》を書棚に押し付けて、首筋に顔をうずめている。右手は私の制服のスカートをたくし上げていて、下着の中に差し込まれた指先が、その奥に優しく出し入れを繰り返す。あっという間にそこは潤って、ちゅぷくちゅ、といやらしい音を立ててしまう。

「はっ……んっ……」

漏れた声が予想以上に反響して、心臓がきゅっとなる。この図書館はとても声が響くのだ。

「アデル、だめ……」

首筋をなぞるように舌を這《は》わせてくるアデルの体を、力が入らない腕で必死に押しながら囁《ささや》いた。

「こんな、とこ……あ、んっ……誰《だれ》かに、見られたら……ひ、ぁんっ……」

中をくすぐる指が一本増やされる。同時に、一番弱い小さなふくらみを、アデルが指先でくびり出すように摘まむと、優しくくすぐった。

「はっ、んっ……」

肩を押し返していたはずの手が、逆にしがみついてしまう。

アデルは顔を上げて私の方を見ると、

「いい声」

ニヤリとする。

こ、こいつ……！　私を困らせて喜んでる!!　子供の頃と何も変わってないのはどっちよ!!

とめどなく変な声が漏れそうになる唇を一生懸命舐《な》めて、必死でアデルを睨《にら》んだ。

「アデル……お、怒るよ……？」

アデルは少し目を見張って私を見て、

「ぜんっぜん怖くない」

揶揄《からか》うように言って、私の敏感な粒を、ぴんっと弾《はじ》いた。

「きゃっ……んっ……」

悲鳴が出かけて、焦って自分の右手を口元に当てると、アデルの熱っぽい目と視線が合った。カチャカチャとベルトを緩める音がする。

嘘でしょ……？

嘘じゃない、と言うように、アデルが私の片足を持ち上げる。濡れた硬いものが押し当てられたと思ったら、迷いなくずずっ……と中に入ってきた。

「っ……!!」

しがみついて、アデルの肩のところのシャツを、きゅっと噛《か》む。

「声出していいぞ……？　俺たちはつがいなんだ。誰にばれても恥ずかしいことなんかないだろ？」

「ばか、ばかばか、そんなわけ……」

一度入り口まで引いて、更にもう一度ぐっ……と突き上げられる。頭の芯に火花が散って、気をやりそうになるのを必死で堪《こら》えた。

「我慢しなくていいから」

「も、ば、か……んっ……ぁっ…」

「ほら、目を開けて、俺を見ろ」

かすんだ目を開くと、アデルが私を見つめているのが見えて、私は唇を噛んで首を振った。

誰かに見られたら。誰かに、気付かれたら。

その恐怖とあまりの刺激が、頭の中を溶かしていくみたいだ。

「ティアたちは、まだいるかしら」

突然、聞き覚えのある声がすぐ近くでして、飛びかけていた意識が、ひゅっと覚醒《かくせい》した。

「どうだろう。少し前だから、もしかしたらもう戻ってしまったかもしれない」

会話をする声は、確かに……コルネリア様と、ユリウス様のものだ。

「でも教室にもいなかったわ。夜会のドレスのこと、相談したかったのにな」

「そんなに焦らなくても大丈夫だよ。明日話し合おう？」

楽し気に話すコルネリア様と、それに優しく相槌《あいづち》を打つユリウス様。二人の声は、私が背中をあずけている本棚の向こう側から聞こえてくる……。

絶対に、絶対に声を出したら、だめだ。

右手を強く口に押し当てた時。

ぐちゅっ……。

アデルが、今までにないほどに私を突き上げた。

「!!」

爪先《つまさき》が一瞬、床から浮いてしまう。

本当に悲鳴を上げそうになって、アデルを見上げる。気付いていないの？　すぐそこに、コルネリア様たちがいるのに……。

涙目でアデルを見て、必死で首を振って、目線でそのことを知らせようとすると、アデルは私の顔を見て……ふ、と口の端を上げた。

そして、あろうことか、私の右手首を掴んで……手を、私の口から剥《は》がしたのだ。

「聞かせてやれよ、可愛い声」

耳元で囁く。そしてまた、ぐりゅっ！　と突き上げた。

「っ……!!」

声が出そうになるのを、本当にギリギリで堪える私を、容赦なく下から突き上げる。

私の脚はもうずっと床から浮いていて、アデルの熱いところ、その一点との繋《つな》がりのみで支えられている状態で。

どうして、どうしてこんな、ことをするの……？

コルネリア様が、いるから？

コルネリア様を、抱いている気持ちでいるの……？

涙でかすんだ目に、なぜだかすごく苦しそうなアデルの顔が見える。

「ティアはみんなの状況をよく知っているから、いいアイディアをくれるといいね」

ユリウス様の声がすぐ近くで聞こえた気がして、心臓が止まりそうに震えた。

「くっ……」

アデルは眉《まゆ》を寄せて苦しそうに息をつくと、私を見て、ふっと酷薄に笑う。

「アイツの声聞いて、中がすげぇ締まってる……アイツに、抱かれてる気分？」

何言って……なんで、そんなこと。

更に速度を上げて突き上げてきて、体がガクガクと震える。指先が私の粒を、きゅっと押しつぶしてきて……私は、開いた唇から息を小刻みに吸い込んだ。

もうだめ、堪《た》えられない。

もう、どうなってもいい。

このまま世界が終わってもいい。

私は必死でアデルを見上げた。頭を振る。もうだめって伝えるために。

「っ…………〜〜〜〜〜〜!!!」

その瞬間、声が出てしまうその瞬間。

アデルが私の中に精を放出し、同時に、私の唇を……彼の唇がふさいだ。

まるで、私のすべてを飲み込んでしまいそうなほどに、深く、熱く、荒々しく……少し震える唇で、初めての、口づけを。


風が強く吹いている。遠くで、女の子の泣き声がする。

学院の裏庭を、私は全速力で走っていた。身にまとうのは、今よりスカートが短くてマントがついていて、動きやすいように仕立てられた……初等科の制服だ。

「ティアそこ！　そこ曲がったところ!!」

背中からエラが叫ぶ。私を呼びに来て、案内しながら一緒に駆け戻った彼女の息は完全に上がっている。

鶏小屋の角を、ざざ、と足のブレーキをきかせながら曲がる。

きらめくブロンドの髪を背中に垂らした美しい少女。強張《こわば》った表情で、だけど泣きもしゃがみもせずに気高く立つ彼女を、数人の男子生徒が取り囲んでいた。すぐ背後には小さな小川が流れていて、低めとはいえ土手になっている。そこまで追い詰められた姿を見て、頭の芯がカッとなる。

「コルネリア様！」

男子生徒とコルネリア様の間に割り込むように入り込んで、背中にコルネリア様を庇《かば》った。

「何だこいつ」

隣のクラスの男子生徒だ。私はお腹《なか》に力を入れて、両手を広げて彼らを見上げた。

「コルネリア様に、何の用!?」

「別に？　僕の誕生パーティーにご招待しただけだけど？」

ニヤニヤしながら答えた生徒の顔を見て、不快感が込み上げる。

アリータ公国亡き後、この地の民を統制するために派遣されてきた帝国軍。その上層部の子息たちだ。私たちと同じ帝国学院で学びつつも、あからさまに旧公国派を下に見た言動をする。親からは堪えるように言い含められている私たちだけれど、帝国派対旧公国派でなにくれとなく衝突しあうことも多かった。

だけどそんなことも、最近ではあまり表沙汰《おもてざた》にはならなくなってきていたのに。

十一歳にもなって、男子が女子を。それも、コルネリア様が一人になるところを狙《ねら》って絡んでくるなんて。

「コルネリア様は、そういったところにはお伺いしません」

きっぱりと言ってやる。公国最後の公女であるコルネリア様が帝国派の男子生徒の屋敷に出入りしている、なんて噂《うわさ》が立ったら大変なことだ。

「行きましょう、コルネリア様」

歩き出そうとすると、リーダー格の男子生徒がコルネリア様の手を乱暴に引っ張った。黄色みが強い金色の髪に薄い青の瞳《ひとみ》。特に公国派を目の敵《かたき》にしてくる、行政官の息子だ。

「コルネリア様に触らないで!!」

私は回り込むと、彼の胸を両手で押す。

「うわなんだこいつ!!」

不意を突かれたリーダー格が後ろにひっくり返ったその上に、私は馬乗りになった。数で劣る場合は頭を叩《たた》く。アデルたちと子供の頃から興じていた戦争ごっこで習得した、戦術の基礎の基礎だ。

「コルネリア様、先生を呼んできてください！　早く!!」

私の叫びにコルネリア様は一瞬の躊躇《ちゅうちょ》を見せたけれど、ぱっと身をひるがえして走り出す。

ほっとした瞬間、力が緩んでしまった。

「こいつっ……」

行政官の息子がぐっと腰を回して回転し、私は簡単に彼の下敷きになってしまう。

「おい大丈夫かー？」

仲間の揶揄うような声にもプライドが傷ついたんだろう。顔が赤く染まっている。

「おまえ、伯爵家の娘だな……二度と逆らわないように躾《しつ》けてやる!!」

私を組み敷いたまま、陰険にニヤリとした。とっさに両手で顔をガードしてぎゅっと目をつぶったけれど、ひと呼吸置いてもなんのアクションも起きないので、恐るおそる目を開く。

私にのしかかったリーダー格の手首を、その後ろに立った少年が掴んでいた。全力疾走してきたように肩で息をしながら、低い声で言う。

「……そいつに触るな」

手首を握る手に、ぎりっと力を込める。

「痛っ……！　やめろ離せ！」

帝国派男子は、手首から引っ張られるように私の上から立ち上がった。

「アデル……」

その場に半身を起こして私は咳《せ》き込む。

剣の実習の直後なのか、アデルは革製のズボンにピタリとした上着、そして腰には細い剣を差していた。

「なんだ仲間か。おまえらは生意気なんだよ。滅んだ国の貴族がなんだ！　何の価値もない!!」

「俺たちの価値は、俺たちが作る」

アデルは静かに言った。どうにか立ち上がった私を背中に庇うようにして立つ。

「っ……どけ。その女は、俺たちが帝国の女として教育し直してやるんだ……」

その言葉にアデルの目が鋭く光り、腰に差した剣のグリップに右手をかけた。

「アデルだめ!!」

こんなところで剣を抜いてしまったら、大変なことになる!!　とっさに彼の動きを止めようと、後ろから彼の腰にしがみついた。

ハッとして後ろに引いたアデルの肘《ひじ》が胸に当たって、私の体はふらりと後ろに重心を崩す。

何か叫びながらこっちに手を伸ばすアデルの向こう、先生やユリウス様を連れて、コルネリア様が走ってくるのをやけにゆっくりと見ながら……私の体は、水の中に落ちた。


「――ぶなんですか、先生、本当に？」

「脈も呼吸も正常だから、じきに目を覚ますわよ」

「でも、こんなこと今まで――」

「騎士《あなた》の体力と一緒にしないであげて――」

どこかから、声がする。なじみのある消毒薬の匂《にお》い。私は、柔らかいシーツの上に横たわっている。

医務室――学院の、医務室だ。

「ちょっと外すけど、目を覚ましたら呼びに来て」

あ、先生……私もう、目、覚めています……。

声が出ない、目も開かない。体はまだ寝ていて、意識だけが徐々に覚醒しているところなのかしら。

ベッドの脇《わき》に誰かが立った。小さなため息と、私の頭を優しく撫《な》でる大きな手。

なんだか、これととても似たようなことがあったような……。

記憶の扉が開くように、夢の続きを思い出す。

足を滑らせて川に落ちた私は、高熱を出してまる二日間寝込んだのだ。

その時も枕元《まくら》にお見舞いに来てくれた誰かが、こうやって頭を撫でてくれた。

「――ごめん」

そう、あの時もこうやって謝ってくれて。

私はぼうっとして……その優しい声がまるで王子様みたいだ、なんて思って。半分眠ったまま、ユリウス様？　なんて聞いてしまったような気がするけれど……。

「アデル……」

瞼《まぶた》がやっと持ち上がる。ベッドサイドに座ったアデルが、頭を撫でてくれていた手を慌てて引っ込めた。

「大丈夫か？　おまえ、図書館で気を失って……」

「夢を見ていたの。懐かしい夢」

アデルを見上げて少し笑ってみせる。

「川にね、アデルから突き落とされたって思ってたけど、違ったのね。私、あのあと熱が出て、色々忘れてしまっていたんだ。ごめんなさい」

アデルはゆっくり一度瞬きをして私を見て、ふっと苦笑した。

「なんだそれ。いつの話だよ」

「ね。どこまでが夢でどこまでが本当か、よく分からないけれど……」

そう、だけど私は、きっとあの時アデルを好きになったんだろう。

「……悪かったな」

アデルがボソッと言った。

「おまえが気をやるとは思わなかった。ユリウスの声がして、むきになった」

小さな声で言う姿が、なんだか可愛くて笑ってしまう。

「アデルは、ユリウス様に対抗心燃やしすぎだよー」

「だって、それはそうだろ」

「そりゃ、騎士コースの永遠のライバルなんだろうけど？」

コルネリア様を巡っても、と続けようかと思ったけれど、なんだか自分が悲しくなりそうだから言わないでおいた。だけどアデルは、横を向いてボソッと言う。

「――おまえがユリウスのことばかりだからだろ」

「私が？」

「ユリウスユリウスユリウスユリウスってあいつの話ばかりだし、すぐあいつのこと頼るし……」

「本のこと？　だってあの時、アデルいなかったし」

「呼べばすぐ行った。それに……おまえ、俺にはあんな風に笑わないだろ」

拗《す》ねたように、おまえのつがいは俺なのに、と続けるアデルに、私は目を丸くしてしまう。

なにそれ。それって、そんなの、なんだかまるで……。

「嫉妬《しっと》、してるみたい……」

思わずこぼれたつぶやきに、いつもしれっとクールなアデルの顔が、かあぁっと朱に染まる。

アデルは立ち上がり、部屋の出口に大股《おおまた》で向かって戸に手をかける。

怒ったような顔で振り向いて、

「とにかく。おまえを抱くのは俺だけだからな。生意気な口がきけねーくらい気持ちよくしてやるから、覚悟しとけ」

扉を開けて出ていく直前、それから、と向こうを向いたままボソッと言った。

「琥珀色が好きなのは、俺だから」

入れ替わりに先生が戻ってくる。

「あらーティアナ・クライン、目、覚めたの？　よかった。もうね、アデル・ベルガーが血相変えてあなたを抱きかかえて運んできて。おかしかったわー。あら、なんだか顔が赤いわね、お薬飲もうか？」

そう言えば、さっき図書館で最後に……アデルは、私にキスをしたんだ。

先生がカチャカチャと準備する音を聞きながら、赤くなった顔を見られないように、私はブランケットを頭の上まで引き上げた。

第三章「俺だけだ」

翌朝、身だしなみを整えて女子寮の食堂に向かう。

昨日は医務室から戻ってきて、そのまま部屋で朝まで眠り込んでしまったのだ。

夕ご飯を食べそびれたから、とてもお腹《なか》がすいていて、一番乗りをしてしまった。

「おはようティアナ、あなたの好きなくるみパンがあるわよ」

「ありがとう、二つ食べちゃおうかなあ」

寮の厨房《ちゅうぼう》主任で、学院での私たちの母親的な存在、メイヤさんが差し出してくれたパンの籠《かご》を覗《のぞ》き込む。メイヤさんのくるみパン、コルネリア様もお好きだから教えてさしあげないと。

そこまで考えてハッとする。

昨日、図書館でコルネリア様は私を探していたのではなかったかしら。

そりゃ、あの図書館で私たちの姿を見られるわけにはいかなかったけれど、結果的にコルネリア様を無視したままになっているだなんて、私としたことがあり得ないわ。

食堂に集まり始めている高等部の女子生徒たちを見渡す。すぐ分かるはずの美しい金色の髪が、今日はまだ見当たらないみたい。早起きのコルネリア様にしては珍しい。

「おはようティア、早いわね」

食堂の中央テーブルの周りをうろうろしていると、エラがあくびを噛《か》み殺したような顔で私の隣に並んできた。

「おはようエラ、コルネリア様を知らない？」

エラは丸い目を瞬きして、私を見た。

「あら珍しい、忘れちゃったの？　コルネリア様なら今日はお仕事でしょう？　出航祭に出席するために、早朝に出発されたはずよ」


出航祭は、毎年春になると港で執り行われる伝統行事だ。

外海との交易で栄えてきた公国時代から続くもので、アリータ家の代表が主賓として出席する習わしになっていた。

それは、今やほとんど実権を奪われたアリータ家に残された、数少ない公務と呼べるもので、更に今年からその役目がコルネリア様に託されることになったのだから、決定した時に私たちはすごく誇らしい気持ちになったものなのに。

そんな大切なことを忘れてしまっていたなんて、と最近の自分に愕然《がくぜん》とする。

自分のことしか考えられていないだなんて恥ずかしすぎるわ、しっかりしないと。

「式典には帝国の行政長官も参列するらしいけれど、コルネリア様が一番注目を浴びると思うわ」

並んで椅子《いす》に座りながら、エラが誇らしげに言う。

「それはそうよ、コルネリア様の気品のあるお姿には、帝国上層部どころか異国の使者だって感動しちゃうわ」

「そう、それに我らが騎士コースの首席を競う二人を従えているんですもの。絶対迫力があると思う」

え……。

思わず手に持っていたスプーンをお皿の上に置いた。

「首席を競う二人って」

「ユリウス様とアデルに決まってるでしょ。デニスに聞いたの。あの二人が今回の式典のコルネリア様の護衛に選ばれたんですって。美しいコルネリア様を挟んで左右に並び立つ、騎士コースの正装をまとった長身の二人……ユリウス様はもちろんだけど、アデルだって黙っていれば美形なんだし、すっごく絵になるわ」

それから、周りを気にするように少し声を落とす。

「帝国の代表なんて目じゃないわよ。ほんと、旧公国派の誉《ほま》れよね」

私は動揺を顔に出さないように注意しながら、パンをちぎって口に運ぶ。

大好きなくるみパンなのに、もしゅもしゅとして、あまり味がしない。

そうか。アデルは今日はコルネリア様の騎士としての任務に就いているのね。

……それなら昨日、教えてくれてもよかったのに……。

「あの二人は別格だってデニスが言っていたわよ」

林檎《りんご》のコンポートをスプーンですくいながらエラが続ける。

「近隣の街に帝国騎士団が立ち寄ったり、こういう行事があるたびに、学院の代表として挨拶《あいさつ》やら周辺の警備やらに駆り出されているんですもの。あの二人がいると見栄えがするものだから、最近は気軽に指名してくるお偉いさんまでいるらしくて、アデルがちょっと怒ってるって」

エラの言葉に私は頷《うなず》く。騎士コースの最高学年にして首席を競うようになってから、二人がそういった任務に就くことはとても増えていた。騎士コースの首席、学院の代表。そして騎士道精神を重んじた、旧公国派としての最後の矜持《きょうじ》を守るため。彼らにかけられた期待はとても大きい。

「なのに騎士コースの成績は、圧倒的に帝国派の生徒に有利に付けられるようになっているっていうじゃない。ほんっと理不尽よね」

「それ、やっぱり本当の話なの？」

「騎士コースのデニスが言っているんだから本当なんじゃない？」

エラはちょっと肩を竦《すく》めた。

そうか、噂《うわさ》には聞いていたけれど、そんなになのか。私たち文官コースでも帝国派への手心を感じる局面はある。だけど、学院の花形と言われる騎士コースでは、もっとあからさまなんだろう。

そんな中で、この一年首席を競い続けてきたアデルには、どれだけの努力が必要だったのか……すべては、コルネリア様を守るのにふさわしい騎士になるため……。

両手で持ったくるみパンに、バクッと勢いよくかぶりつく。もっしゅもっしゅと噛みしめた。

コルネリア様が大切な公務に就けるだなんて、旧公国の人間としてこんなに嬉《うれ》しいことはない。

そしてアデルは、今までずっと積み上げてきた努力が認められて、騎士としての晴れ舞台に立っているのだ。

私一人が、つまらない嫉妬《しっと》心に囚《とら》われてそれを喜べないだなんて、そんなの、情けなさすぎる。

しっかりしないと。自分に喝を入れるつもりで豆のスープを一気に飲み干して、ちょっとむせてしまった。


帰ってきたら、コルネリア様にもアデルにも、笑顔でお帰りなさいって言うんだ。

そう決めていたのだけれど、予定されていた夕方を過ぎてもコルネリア様たちは寮に戻ってこなかった。

授業を受けている間も、みんなでランチを食べている時も、放課後自習室にいる時も。私はアデルのことを考えてしまう。

なによ、アデルのバカ。昨日だって、あんな場所で人の身体《からだ》を好き勝手する時間があったなら、今日の式典のことくらい話してくれればよかったのに。

……それとも、もしかして私が「嫉妬してる？」なんて的外れなことを聞いたから、怒っていたりするのかしら。キスだって、口をふさぐために仕方なくしただけで、深い意味はないのかもしれない。

そんな風に頭がぐちゃぐちゃになってしまうくらい考え込んでしまっていたので、寮の共有スペースで窓の外を見張っていたイリーナが、

「お帰りになったわよ!!」

と叫んだ時、私は読んでいた医学書を放《ほう》り投げて窓に駆け寄ってしまった。

でも、その光景を見た瞬間に後悔した。

コルネリア様が、アデルの馬に乗っていた。

横向きに座ったコルネリア様の、繊細な刺繍《ししゅう》が施された青いドレスの裾《すそ》が、ふわりと風に揺れる。

美しい姫と凛々《りり》しい騎士。

それ以外の言葉が浮かばない完璧《かんぺき》なシルエットで、アデルはコルネリア様を胸に抱くように、手綱を引いて馬を操っていた。


翌日の昼間。コルネリア様と私は、学院のカフェテラスでお茶をしていた。テーブルに広げられたのは、夜会の招待状送付リストだ。

「ありがとうティア。みんなに招待状が送れてよかったわ」

「いいえ、学院で顔を合わせるとはいえ、招待状があった方がやっぱり気持ちが高まりますもん。コルネリア様が選んだカード、とても素敵でした」

コルネリア様は嬉しそうに微笑《ほほえ》んだ。

「コルネリア様、お疲れじゃないですか？　午後の授業がもうないのなら、寮に戻って休まれたほうがいいですよ。後のことは私がやっちゃいますから」

「そうね……」

ふぅ、と息をついて、優雅な所作でカップを口に運ぶ。

昨日、出航祭からの帰り道、コルネリア様が乗った馬車の車輪がぬかるんだ轍《わだち》にはまってしまい、動けなくなってしまったらしい。

ユリウス様は御者と共に馬車を動かす作業を進め、暗くなってきたためコルネリア様だけ先に、アデルが寮まで送り届けたということだった。

アデルはコルネリア様を寮の前で降ろすと、すぐにユリウス様たちのところに戻ってしまったので、私はその話をコルネリア様から伺った。

私は笑って、すごい、アデルにしてはなかなかやりますね、なんて答えることしかできなかったのだけれど。

「二人ともお疲れ様」

明るい日差しが遮られた。顔を上げると、テーブルの前に立った白い制服の人が、私たちを見下ろしている。

「ユリウス、昨日はありがとう。今日の警備も無事に終わったの？」

「商船の第一陣は問題なく出航したからね。あとのことはアデルの班に任せて先に戻ってきたんだ」

ユリウス様は、コルネリア様の隣の椅子に腰をかけた。

「ベルガー家は元々港周辺に領地を持っていただけあって、アデルは商船に顔がきくしね」

出航祭を昨日無事に終えて、今日からは多数の船が港を行き来している。

昨日に引き続き港の警備を任されるなんて、ユリウス様とアデルは本当に多忙だ。

そっと目を上げて聞いている私の視線に気付いたのか、ユリウス様は少し苦笑して、ああそうだ、と手に持っていたボードのようなものを開いた。

「これ知ってる？　今、騎士コースで流行しているんだけれど」

三色の陣が描かれた小さなボードに、同色の駒《こま》が幾つかはめ込まれている。

「帝都に行ってきた教官からのお土産《みやげ》なんだけれど、戦術を競う陣取りゲーム。……ティア、こういうの好きだろう？　やってみないかい？」


「やった、私の一手勝ちですよね!?　やったやった、嬉しい!!」

最後の駒をボードに置くと、そこにあったユリウス様の駒を取る。

「すごいわティア。私にはなにがなんだかさっぱりよ」

コルネリア様が胸元で小さく拍手をしてくれて、ユリウス様まで、

「たった四回やっただけでここまで自分のものにできるなんて、ティアはやっぱり戦術のセンスあるよね」

なんて言ってくれるものだから、私はすっかり有頂天になってしまう。

昨日からの鬱々《うつうつ》とした嫉妬や自己嫌悪の気持ちが、少しだけ晴れていくみたいだ。

人の気持ちやどうにもならない現状なんかと比べて、筋道を立てて考えればおのずと答えが出るゲームというものは、なんてすっきりするのかしら。

「すっごく面白いです。こんなに楽しいのは久しぶりだわ。ね、もう一度勝負しませんか？　ユリウス様」

「そうか、こんなに楽しいのは久しぶりか」

不意に頭上から声が降ってきて、心臓がくるんと回転する。

振り仰ぐと、騎士コースの制服を着たアデルが襟元《えり》をくつろげながら立っていた。

久しぶりに会えたアデルの、普段はあまり着ないジャケット姿がすごく大人《おとな》っぽく見えて、胸がきゅっとした。

「アデルお帰り。僕が帰った後も、特に問題は起きなかった？」

「別に。俺《おれ》が残る必要もなかった」

短く答えると、私の後ろからテーブルの端に片手を突いて、ゲームの盤上を覗き込んでくる。

背中に感じるアデルの体温に、この間の図書館でのことを思い出してしまう。全神経が背中に集まっていくような気がして、慌てて大きな声を出した。

「そ、そうなの、見て！　私、ユリウス様に勝ったのよ。たった四回の挑戦で！」

アデルはフンと鼻で笑う。

「手加減したんだろ、ユリウス」

え、ちょっと、聞き捨てならないんだけど!?

「何言ってるのアデル。私は真剣勝負で勝ったのよ？　すっごい接戦だったんだから。ね、ユリウス様？」

「そうだね、ティアはセンスがあるよ」

優しく微笑むユリウス様の言葉にふふん、と顎《あご》を持ち上げた私を見て、アデルは片眉《まゆ》を微《かす》かに上げた。

「このゲームは、詰めの段階でいかにポーカフェイスでいられるかがカギになるんだぜ？　ティアナよりむしろコルネリア様の方が向いてるだろ」

私は、ふー――っと鼻から息を吐きだして立ち上がった。腰に両手を当ててアデルを見上げる。

「いーい？　私は戦術系のゲームが大得意なの。子供の頃から何度もあなたをこういうゲームで負かしたわよね？　都合の悪いことは忘れちゃった？　私はこのゲーム、三手先を読めるようになったわよ」

「三手？　まだまだ甘いな。俺はいつも五手先を読んでる」

アデルがしれっと言う。

「じゃあ私は十手!!」

「じゃあって何だよ」

「勝負よアデル、ここに座りなさい、打ちのめしてやるんだから!!」

今手袋をしていたなら、即座にアデルの顔に叩《たた》きつけてやりたい気持ちで椅子を指さした。

「上等だ」

アデルが椅子に腰をかけた。気が付けばたくさんの生徒たちが集まっていて、私たちの勝負を面白そうに見守っている。

「ティア、頑張って」

コルネリア様が口元に両手を当てて、あどけなく微笑んだ。

「任せておいてください。アデルなんて蹴散《けち》らしてやりますから!!」

「楽しいわ。私、こういう時間がかけがえのないものなんだって、最近とっても思うのよ」

コルネリア様のつぶやきはとても小さなものだったので、気付いた人はいなかったみたいだったけれど、私は思わずコルネリア様を見る。

なんだかとても寂しそうな顔をしている気がして、何か言おうとしたけれど、

「始めるぞ」

アデルがパチリと盤上に駒を置き、周りがわっと盛り上がって、コルネリア様も笑顔になったので。

そのまま、何も言えないままになってしまった。


「できた……！」

オーブンから出した鉄板の上に並ぶ焼き菓子を見て、思わず笑顔になってしまう。

「あら、いいんじゃないのティアナ。いい色に焼けてる」

「うん、でも本当は、もうちょっとこんがり狐色《きつね》になっているのが理想なの。色が少し薄いかな……あとね、もう少し高さも欲しかったかも……温度の調整って難しいわね」

掌《てのひら》に載せた焼き菓子を目の高さに持ち上げていろんな角度から見ながら言う私を見て、厨房係のメイヤさんは「完璧主義だねえ」と大きな口を開けて笑った。

週末、エルマーとのデートへとレーニを送り出した後、メイヤさんに頼んでオーブンを使わせてもらい、お菓子を焼いたのだ。

公国亡き後、貴族の娘たちも必要に迫られて家の調理場に入るようになったけれど、私はあまり得意ではなくて、野山を走り回っている方が好きだった。だけど、コルネリア様に教えていただいたこの焼き菓子には、少しだけ自信があるのだ。

ずっと前にコルネリア様の屋敷で催されたお茶会で、これを一口食べたアデルが、美味《おい》しい、とつぶやいた声を私は耳ざとく拾い、しつこくしつこく覚えていて、いつか私が作ったものを食べてもらいたいと、ずっと試行錯誤《しこうさくご》を繰り返してきたのだ。

焼いた中から比較的形がいいものを慎重に選び、包みに入れる。メイヤさんにお礼を言って、男子寮に向かった。

コルネリア様の騎士としての仕事ができるだなんて、アデルの努力が認められた証拠《しょうこ》だ。その翌日も港の警備に就いていて、きっとすごく疲れていただろう。

それなのに私がしたことと言えば、嫉妬して悶々《もんもん》として、ムキになってゲームで対戦して、負けて悔しくてしつこく三回も勝負を持ちかけただけだ。

一体私は何がしたいのか……負けたのは悔しかったけれど、そうじゃないでしょう、と我ながら思う。そんな風に考え始めたら、もういてもたってもいられなくて、自分に何かできることはないかしらと思ったのだった。

授業がない週末は、家に帰ったり外出する生徒も多く、寮の周辺は人影もまばらだ。

まだほのかに温かい包みをギュッと抱きしめて、さてどうしよう、と考えていると。

「そんなところで何をしているんだ？　伯爵令嬢」

軽薄な声が背後から聞こえて、私は小さくため息をついてから、ゆっくり振り返った。

そこには、騎士コースの制服を着た男子生徒が三人立っている。真ん中の、黄色味の強い金色の髪をした男が、少し顎を上げるようにして私を見下ろした。

父親がこの地方の行政官であることを鼻にかけているディルク・ノイマンを始めとする、帝国派の中でも特に好戦的な一派。十一歳の時コルネリア様に絡んでいた、あの三人だ。

あの事件の後、私たちを逆恨みして更にちょっかいを出してくるようになった。

こいつらが騎士コースに在籍している時点で帝国派の不正が知れるというものだわ。

関わっても得はない。私は黙って一礼を返し、その場を離れようとする。

「アデル・ベルガーなら、今日は朝から出かけていったが……一緒じゃなかったのか？」

背中から言葉を投げられて、思わず立ち止まった。

私が反応したのに気をよくしたのか、ディルクたちが大股《おおまた》で近付いてくる。

「そういえば俺のつがいに聞いたんだが、あいつはこの間、おまえたちのお姫様を大事に馬に乗せて帰ってきたらしいな。つがいをほったらかすほど、コルネリア姫に未練たっぷりってわけか」

ディルクは、楽しくて仕方がないというような笑みを浮かべて、身を屈《かが》めると私の顔を覗き込んでくる。

ぎゅっと包みを抱きしめた。

「意に染まぬ相手とつがいになり、初夜以降避けるようになる、というのはよく聞く話だ。元々馬の合わなかった二人じゃ無理もないな。おまえたちがつがいになったと聞いた時は、笑わせてもらったぜ」

「仮に」

笑い声を振り切るように、ディルクたちにまっすぐ向き直る。

「仮に、アデルが私を避けているとして、その理由をあなたたちの言葉に求めるようなことはしないわ。ちゃんと本人の口から聞く。だから放っておいて」

言っとくけど私、口喧嘩《げんか》であんたに負けるようなタマじゃないのよ。

「いつまで子供みたいな言いがかりをつけてくる気なの？　……恥ずかしくない？」

「おまえ……」

ディルクの白い肌がかぁっと染まる。パシッと、私の手から包みが叩き落された。

地面に落ちて、焼き菓子の一部が覗く。取り巻きの一人が、それを包みの上から踏みつけた。

「何するのよ!!　食べ物を粗末にする人間が騎士になれると思っているの!?」

しゃがんで拾い上げようとした私の手首を、ディルクが掴んだ。

「おまえは昔から本当に生意気だ」

私の顔をじっと舐《な》めるように見る。

「俺はいつでも、おまえらを破滅させられるんだからな……」

どういう意味？　思わずディルクを見返す。ディルクの視線が、ゆっくりと、粘つくように私の顔から、その下へと動いていく。

「昔はただの田舎《いなか》娘だと思っていたが、アデル・ベルガーが抱いた女だと思うと、興味が湧《わ》かなくもないな」

ぞわ、と背中が粟立《あわだ》った。

「おまえの身体に傷を付けたら、あいつはどんな顔をするだろうな」

「お生憎《あいにく》様。アデルは、そんなことで動じたりなんかしないわ!!」

「……ふうん？　試してみるか？」

ディルクが唇を舐めたその瞬間。横から差し出された手が、彼の手首を掴んだ。そのまま軽く捻《ひね》り上げる。

「痛っいたたっ……！　なんだ、放せ!!」

「アデル……！」

「な、なにするんだアデル・ベルガー!!　私的な決闘は懲罰ものだぞ!!」

「決闘？」

無表情にディルクの手首を掴んでいたアデルが、ハッと鼻で笑う。

「決闘っていうのは対等な者同士がすることだ。俺とおまえじゃそうはならないだろう……何か問題があるのか？」

ディルクの手を放すと、ちらりと私を見た。

「行くぞ」

「ま、待ってアデル！」

慌てて取り巻きの足元に屈み込むと、ぺしゃんこになった包みを拾い上げる。胸に抱えてアデルの後を追いかけた。

「待ってよ、アデルってば！」

足早に先を行くアデルにやっと並んだ。

「ありがとう、助けてくれて……」

「――動じたりしないって、なんだよ」

「え？」

木々がざわめいて声がよく聞こない。

「おまえの身体に傷を付けられても、俺は動じたりしない――ってなんだよ」

アデルは立ち止まり、私を見下ろした。

「おまえ、俺のことをなんだと思ってるんだ」

「だって、アデルは知っているでしょう？」

私は胸を張る。

「小さい頃から、私がどれだけ擦り傷や切り傷を作ってきたか。一緒に戦いごっこばかりしていたアデルならよく知っているでしょう？　右足の小指の骨を折ったことだってあるんだから。今更ディルクみたいなやせっぽちから少々傷を付けられたって、平気よ？」

アデルは切れ長の目でじっと私を見た。微かに眉を寄せて、うんざりしたように長いため息をつく。

「本気で言ってるのか……」

軽くこめかみを押さえてから上げたその視線が、私が胸元に抱えた包みに止まった。

「――それ、何だ？」

「あ、あのね、これ、アデルに作ってきて……」

目を落とすと、包みは破れて中からつぶれたお菓子がはみ出していた。なんだかすごく恥ずかしくなってきてしまう。

「あ、えっと……うぅん。あの、ちょっとした……こう、なんて言うか……」

包みを背中に隠しながら、口の中でごにょごにょ答える。こんな状態のお菓子を見せて、これは、あのお茶会でコルネリア様が作ったものと同じなのよなんて、いくら私が図太くても……ちょっと、言えないかもしれない……。

「……なんでも、ない……」

一歩近付いたアデルが、ひょいと私の背中に手を伸ばす。包みが奪い取られてしまった。

「あ！　だめ!!」

慌てて手を伸ばしたけれど、リーチが違いすぎてとても届かない。

開くと案の定、原形をとどめていない焼き菓子が出てきた。そのあまりの惨状にいたたまれなくなって、思わず変な笑顔を作ってしまう。

「違うの！　本当はもう少し……もう、ほんのちょっとは、マシだったんだけれど……あ、でも、もちろん、コルネリア様が作られたものには、もともと足下にも及ばないのだけれど……」

言いながら、どんどん下を向いてしまった。

お菓子を作るだなんて、あまりにも、普段の自分のガラではないことをしすぎた私を、アデルは笑うに違いない。ううん、気持ち悪いなんて思われたら、どうしよう。

カサ、と包みが擦《こす》れる音がして顔を上げると、アデルが、つぶれた焼き菓子を口に入れるところだった。

「!! アデルだめだよ！　砂がついているかも……!!」

「美味《うま》い」

大真面目《まじめ》な顔でもぐもぐと口を動かして、親指についた粉も舐め、更にもう一つ、アデルは焼き菓子を口に運ぶ。

「こんな美味い菓子、食べたことない」

アデルの言葉に心がふわっと緩んで、不意に涙があふれそうになり、私は慌てて俯《うつむ》いた。

「つ、疲れてるんじゃないかなって思って……そういう時は甘いものがいいかなって。でも、アデル忙しそうだから、いきなり来ても、やっぱり迷惑かな、なんて思って」

あ、私バカだ。結局ディルクなんかの言葉を気にしてるんじゃない。情けない。最低だ。

「ごめん、変なこと言って。違うんだけど……そうだ、あのゲーム。私負けちゃったけどあの後いっぱい研究したから、今度暇な時にまた勝負しよう？　今日はもう私帰るから、アデル、ゆっくり休んで……」

とん、とアデルが私のすぐ後ろの木に手を突いた。驚いて顔を上げた瞬間、もう片方の手が私の顎を軽く持ち上げて、アデルの唇が、私の唇を優しくふさいだ。

ほのかに甘い、お砂糖の味とバターの香り。

一瞬唇を離す。すごく真剣なヘーゼルの瞳《ひとみ》が私の目を見据える。耳元に心臓が移動してきたように、ドキンドキンと音が鳴った。私が口を開く前に、アデルが再び唇をふさぐ。

「んっ……」

舌が、柔らかく私の唇を押し開いて、中に入ってくる。そして優しく、口の中をまさぐった。

口づけたまま、角度を変える。

優しいんだけれど、まるで口の中から私を食べてしまおうとしているみたいに、丁寧に、ゆっくりと。

「は、ふっ……」

声が漏れる私に構わず長いながいキスを続けたアデルは、ゆっくりと唇を離す。足が震えて、座り込みそうになる私を見下ろしながらゆっくり自分の唇を舐めると、アデルは、はぁっと息をついた。

不意に腕を伸ばしてきたと思ったら、私の身体は簡単にアデルの腕の中に抱え上げられてしまう。

「え!? きゃっ!! え、待って、どこ行くの!?」

叫ぶ私に答えずに、アデルは腕に力を込める。

「足りない。もっと甘いものが食べたくなった」

寮の離れの個室に入ると、アデルは私をベッドに座らせた。

自分のシャツのカフスボタンを外しながら、横目でちらりと私を見る。

「で？ どこが傷だらけだって？」

アデルのしなやかな半身に目を奪われていたので、一瞬何の話か分からなかったけれど、慌ててブラウスの袖《そで》を肘《ひじ》までまくり、左腕の内側を指さした。小さく皮膚が引きつれたところが、光の角度によってうっすら見える。

「ここ。七歳の時に暖炉の前で遊んでいて、中に倒れちゃったの。とっさに手を突いたけれど、火の粉をかぶって火傷《やけど》しちゃった」

アデルは私の手首を取ってそこを見て、指先ですっとたどる。それから屈んで、その傷跡に唇をつけた。

「ひぁ⁉」

びくっとして腕を引いたのに、平然と「他《ほか》は？」と促してくる。

「え、あ、あとは……特にないわ」

「嘘《うそ》つくな。たくさんあるみたいな口ぶりだっただろ」

ぐっとつまり、小さな声で答える。

「お、おへその左隣に……。九歳の時、木から落ちて……枝の先が刺さっちゃったの。ちょっとだけだけど、傷が残ってる」

「脱いで」

目線で促すアデルになぜか逆らえなくて、ベッドの前に立ち上がる。

上に着ていた普段着のジャケットを脱ぎ、胸当てのリボンを解いた。

体はもう何度も見られているけれど、じっと観察されつつ服を脱ぐなんて、やっぱりとても恥ずかしい。

背中のホックを外してくれたので、スカートとペチコートまで脱いで、下着だけの姿になる。太ももをキュッと閉じて、下着をめくって、お腹を見せた。

「ここ、分かる？」

アデルはベッドの脇《わき》に膝《ひざ》をついて、私のお腹を見た。

「ほら、そこ。ちょっと赤く線が残っているでしょ？　そこが……」

「どこだ？　よく見せろ」

アデルは当然のような顔をして、私をベッドに仰向けに倒す。そして、下着をぺろりとめくり上げた。

「や、ちょっと……ふきゃっ」

焦って文句を言おうと開いた口から、変な声が漏れた。

アデルが、私のおへその横……微かに赤い傷跡を、舌先でなぞったからだ。

「も、もう何なのアデルっ！」

私の声を無視して、アデルは下着を、今度は肩から下ろしていく。そのまま当然の顔をして、下着と一緒にドロワーズまで、するりと脚から抜いてしまった。

「それでなんだっけ。右足の……小指？」

アデルの五本の指が、私の右足の五本の指の間にそれぞれ入る。そして、私の右足の小指を、ちゅるりと口に含んだのだ！

「え、なに、なにして……」

アデルの舌が、私の足の、小指を……足……の……。

「ふやぁっ！」

足を引こうとした瞬間、末端からしびれるような甘さが込み上げて、すごく変な声が出てしまった。

「やめて、そんなとこ、汚いよ」

震える声で訴えたのに、アデルはしれっとした顔で私を見て、

「言ったろ？　もっと甘いものが食べたいって」

もう一度私の足の指を吸う。ちゅうっと音を立てて吸って、指先を舌でなぞる。

「んんっ……」

泣きそうだ。足の指でこんなに気持ちよくなるだなんて、私はおかしくなってしまったのかもしれない。

気付けば私はベッドの上に全裸で横たわって、足の指をアデルになぶられている。

部屋はまだ明るくて、夕方の長い日差しが窓からカーテン越しに差し込み、私の身体を爪先《つまさき》から照らしてくる。

「え、ちょっと待って……や、やだぁ……」

まるで本当に甘いお菓子のように私の足の指を優しく舐めていた舌が、だんだんと上がってくる。

くるぶし、ふくらはぎから膝、太もも、腰骨、そして脇から胸の先端へ。丁寧に丁寧に、舐めていく。

「ふっ……ぁんっ……」

やけに頼りない声が唇からこぼれて、体をくねらせてしまう。

胸の右の先端を、くるくるとアデルの舌先が細かい円を描くようになぞる。それだけで私のそこは、ぷくっ……と硬くなってきてしまう。

「おまえの身体は、全然傷だらけなんかじゃない」

アデルはその先端に唇を当てて、ちゅくちゅくと口の中で転がすと、唇を離して私を見る。

恥ずかしくて泣いてしまいそうなのを堪《こら》えながら、必死で言い張った。

「そんなこと、ない。本当に傷跡だらけだもの」

だから、そんなに優しくしないで。

私、傷を作ることには慣れているの。

小さな傷をたくさん作って、いつか大きく傷つく時に備えているの。

だから、そんなに、大切なものみたいに扱わないで。

そんなことをされたら……傷つくのが、怖くなってしまう。

「まだそんなこと言ってるのか」

軽く胸の先をいじりながら呆《あき》れたように私を見下ろしていたアデルが、何かを思いついたようにニヤリ、とした。

え。その笑顔、私、知ってる……なんか、悪戯《いたずら》を思いついた時の……？

「確かに、ここに傷があるな」

そして、何の前触れもなく私の両膝に手を置くと、左右に大きく開いた。

「ひゃぁ!?」

まだ明るさが残る室内で脚の奥を大きく開かれて、あまりの衝撃に大きな声が出る。

「ば、ばか！　やめてよ、放してよ!!　ばかアデル!!　ヘンタイ!!」

「ほら、ここの傷」

おかしそうに言って、私の一番恥ずかしいところを、指先で下から上へと、なぞった。

「そ、そこは、傷じゃない……ばか、ばかばか大ばか……ふや、っんぁっん……」

ぞくぞくする刺激が背筋から頭にまで届いて、身体が勝手にぴくりと跳ねちゃう。

「そうか？　綺麗《きれい》だけど……傷、みたいなのがあるだろ」

私の表情を見て、楽しさを堪えるようにニヤリとする。その指が私の中に、つぷんっと埋められた。

「この傷の中、俺がゆっくり調べてやる」

アデルの指が、中でくっと曲がり、

「ひぁ!?」

腰が跳ね上がった。

「や、やめて、ね？　アデル……？　そこ、傷じゃ、ないから……」

舌をもつれさせながら見ると、アデルはニヤリとして眉を上げた。

「遠慮するな。時間はたっぷりあるからな」


くちゅ、くちゅちゅ。ちゅくっ……。

部屋の中に、すごく恥ずかしい水音が響いている。

あれからどれくらい経《た》ったのだろう。すっかり日は落ちて、窓の外は赤い夕焼けから藍色《あい》へと沈みつつあった。

アデルはさっきから長いことずっと、私の脚の奥を指で優しくほぐし続けている。

優しく、と言うか、執拗《しつよう》に、と言えばいいのか。

とにかく一つだけ確かに言えるのは、私の頭の中はとろとろにとろけて、もう、何が何だか分からなくなってきているということだ。

「ティアナ……すげ。もう指二本、根元までずっぽり入ってる」

「んっ……んんっ……ぁ、んっ……」

「とろとろなのに、往生際悪くいちいち締め付けてきて……本当に、いやらしいな」

抱きしめたブランケットを口元に押し当てて、私は必死で声を殺す。

「誰も聞いてないからそれ外せよ」

「だ、だめ……アデルに、聞かれてるのが恥ずかしいんだもん……ひ、ぅあっ……んんっ……」

アデルは軽く唇を噛んでから息を漏らすと、ブランケットを私の口から軽々と剥《は》がした。

代わりに、自分の唇を押し当ててくる。私の中のアデルの指が、おへその下あたりの壁を内側から擦《こす》った。

「ふぅっ……んんっ……!!」

腰が浮いてしまって、アデルにしがみつく。

「ここに、傷はないみたいだな」

ほっ、と気が緩んだら、

「いや、こっちか？」

別の角度から擦られて、ひぁ!!　と声が漏れる。また腰が跳ねた。

「うわ、漏らしたみたいにぐっちょぐちょ」

揶揄《からか》うような言葉に、気が遠くなる。

「……かぁ……」

ん？　とアデルが私の口元に耳を寄せた。

「アデルのばかぁ……」

つぶやいたら、ふにゃ、と涙があふれた。

「なんだよ……」

少し焦ったように私を見る。

「コ、コルネリア様には、こんなことしないくせに……」

「なんでここにコルネリア様が出てくるんだよ。本当におまえは脈絡がないな」

呆れたように言って、ちゅくちゅく、と中を擦る。

「今日、ふ、ぁっ……どこ、行ってたのよ、一人で……」

体に力が入らなくて、聞くつもりのなかったことを思わず口走ってしまった。アデルが怪訝《けげん》そうに目を上げて私を見る。どうしよう、と思ったけれど、指の刺激が強すぎて、思考がうまくまとまらない。

「は？　馬走らせて剣の訓練してただけだけど」

「……レーニが、ん、エルマーと市場、行くって……」

「ああ、朝から張り切ってたな、エルマー」

アデルは指を動かすのを止めて、額に貼《は》りついた私の前髪をそっと指先で流す。

「なに？　おまえも市場、行きたかったの？」

「だ、だって、楽しそうだなって」

「俺と行っても楽しいのか？」

なんでそんなことを言うのか分からなくて目を丸くして見ると、アデルは少し唇を尖《とが》らせた。

「だっておまえ、こんな楽しいこと久しぶり、とかユリウスに言ってたし」

「え……」

「……俺といてもつまんねーんだろうなって思ったんだよ」

「ちがう……」

そんな、そんな風に思わせていたの？

「違うよアデル、あれはそういう意味じゃなくて……」

アデルの強い目線が私を捉《とら》えた。

「いいか、ティアナ」

指をそこに入れたまま、反対の手を私の頭の横に突いて顔を覗き込んでくる。

中の指の角度が変わって、体がびく、て震えた。

「おまえの身体にこういうことができるのは、俺だけだ」

涙目で見上げる間にも、再び動き出した指によって中はくちゅくちゅと広げられて。

アデルの指先が、入り口の小さな熱い部分を指先でくるりと回した。

「ふぁぁ!!」

「俺以外の奴《やつ》がおまえの身体を触ったり……穢《けが》したりすることは、絶対に許さない」

ブランケットもない。シーツもとっくに乱れて足元に蹴飛《けと》ばしてしまった。私は腕を伸ばして、アデル、アデルと泣きじゃくるように名前を呼んだ。

アデルが顔を近付けてキスをしてくれる。

アデルの首にしがみついて、私はぎゅっと目をつぶる。

大きな波が襲ってくるのを、腰をわずかに浮かせながら、震えながら必死で耐える。

「誰でも、だ。帝国派はもちろん……」

耳元で、はぁ、とアデルが熱い息をつく。

ぴくんぴくんっ……と大きく震える私の身体を抱きしめて、絞り出すようにつぶやいた。

「ユリウスにだって、絶対に許さない」

その後、アデルは私を抱いて、そして更にもう一度抱いて、何度も深いキスをした。

私はそのまま少しだけ眠り込んでしまったらしい。気が付くと、窓の外は真っ暗になっていた。

「目、覚めたか」

気怠《けだる》さがむしろ心地よくて、そのままぼんやりとしていたら、声がして飛び上がりそうになった。まだ全裸なことを思い出して、ブランケットを胸に押し当てる。

「アデル、いたの？」

ランプもつけず窓際に座っていたアデルは、開いていた本をぱたんと閉じた。立ち上がってベッドに腰かけると、私の額に手を当てる。

「おまえ、いつも……その、ああいうことした後、気を失ったり眠ったりするよな。もともと体力はある奴だと思ってたけど、体調とか大丈夫か？」

大真面目な顔で聞いてくる。

「別に、貧弱だから倒れているわけじゃないよ！　失礼しちゃう。アデルがいけないんでしょう？」

私はこれでも、女子生徒の中ではかなり基礎体力がある方なのだ。憮然《ぶぜん》として続けた。

「アデルが……何度も何度も、その、限界までしてくるから……」

言いながら、ついさっきアデルにされたことを細かく思い出してしまって顔が熱くなる。

な、なにを言わせるのよ……。

頬《ほお》を染めた私を見て、アデルも微かに赤くなった。それを隠すように窓の方を向く。

「仕方ないだろ。おまえが煽《あお》ってくるんだ。本当はあと二回はできるところを、これでも俺は我慢しているんだからな」

「な……」

あと二回もって。騎士コースの体力すごすぎでしょ……。

アデルは、そんなに、その、ああいうことをするのが好きなのかしら。相手が誰でも、あまり関係ないのかな……。

赤くなって悶々とする私を見て、アデルは話題を打ち切るように、椅子にかけておいた服を差し出してきた。

「とにかく服着ろ。寮に戻るぞ」

離れから外に出た。細い三日月が空にかかっている。

「アデル、別に送らなくても大丈夫だよ？　すぐ近くだし」

「方向が同じなんだからいいだろ。……それに」

両手をズボンのポケットに突っ込んで言う。

「前にも言っただろ。別にもっと、俺に頼ってくれていい」

月を背に私をじっと見つめる。

「……俺とおまえは、つがい同士なんだから」

「そ、そうだね、ありがとう……」

改まって言われると、なんだか照れくさくなって、えへへ、と笑ってしまう。

そのまましばらく黙ったまま、私たちは並んで歩いた。

なにか、二人で笑えるような楽しいネタはなかったかしら。頭の中の引き出しを開け閉めするけれど、焦るばかりでろくな話題が見つからない。避けようと思えば思うほど、コルネリア様が夜会で着るドレスは素敵なのよ、とか、あのゲーム、ユリウス様とアデルはどっちが強いの？　とか、そういう、何となく避けた方がよさそうな話題ばかりが浮かんでくるのだ。

そうしているうちに、月明かりに照らされた植え込みの向こうに、女子寮の入り口が見えてきてしまった。

ああ、分かっていたけれどあっという間だったな。もう少しだけ、アデルと一緒に散歩、したかったけれど……。

「反対側から回ってみるか」

アデルがぽそりと言った。

「え」

「いや、こんな時間に正面から入るのもあれだろ。裏口まで回ってみるか。――散歩がてら」

アデルの言葉に驚いて、勢いよく、「うん！」と同意してしまった私を見て、アデルはふっと、でも確かに、嬉しそうに微笑んでくれた。


「おまえさ、どこ行きたかったの？」

女子寮の裏口まで続く石畳をゆっくりと歩きながら、アデルが言った。

「え？　どこって……？」

「だから、エルマーたちが市場に行ったのがうらやましかったんだろ？　おまえも、市場で買い物とかしたかったのか？」

「あ、え、うん。そうだね。コルネリア様たちと、時々隣町の大きな市場に行ったりすることがあるんだけれど、とても楽しいよ？　ちょっとお行儀悪いんだけれど、丸い形の揚げたパンとか、あと異国の果物《くだもの》が棒に刺さったものを食べたりしながら歩いたりできるのもいいよね」

「食べることばっかりだな」

くくっとアデルが笑う。

「なによ。アデルたちは行かないの？　騎士コースのみんなでとか」

「男ばかりだぞ？　わざわざ行ったりはしないけど……そうだな、遠征の帰りにリュートックの屋台村に行ったことがある。大道芸が盛り上がっていたな」

「へえ、大道芸、私も好きだよ。リュートックか……進学したら、私も観《み》に行ってみる！」

楽しくなって思わず返したけれど、春になったら自分が進学してこの町を出るということを改めて思い出して、言葉が途切れてしまった。

アデルもこの町を出て、私とは別の場所へ行く。そしてその春はもうすぐそこなのだ。

「あとは、そうね、シャトロワの丘にも上りたいかも」

心なしか重くなってしまった空気を変えなくちゃ、と掌をパチンと合わせて明るい声を上げた。

「シャトロワ？　初等科の時に遠足で行った、あの何もない丘の上か？」

アデルが怪訝そうに私を見る。

「何もなくないよ？　大きな 樟《くすのき》があったの覚えてない？」

「いや、全く覚えてない」

「私もこの間エラのお姉様から聞いたんだけれどね、あの樟には、言い伝えがあるんですって」

エラの一番上のお姉様は、私たちのちょうど十三歳年上。アリータ公国最後の、いわゆる「自由恋愛世代」の人だ。若者が当たり前のように恋をして、その気持ちを自由に伝えることができた、まるでおとぎ話のような時代の話を、時々こっそり教えてくれるのだ。

「シャトロワの丘の樟に、満月の夜に金色のリボンを結び付ければ……願いが叶《かな》うって言われていたらしいわよ。昔、アリータ公国の若者の間では」

「なんだよそれ、おまえそんなの信じてるのか。子供みたいだな」

アデルがくっと笑うけれど、腹が立つ感じではない。優しい笑い方だった。

「いいの。だからいつか、満月の夜にリボンを結びに行きたいなって」

「おまえの願いごとって……」

「え?」

「いや、何でもない」

顔を上げると、寮の裏口が見えた。アデルの前に回って、片足を軽く引いて挨拶をした。

「送ってくれてありがとう。おやすみなさい、アデル」

アデルがつっと手を伸ばしたので、キスされる?　と胸が跳ねて、思わず両肩を竦めてしまう。そんな私を見て、アデルは微かに苦笑して、ぽんぽんと優しく頭を撫でてくれた。

「おやすみ、ゆっくり休めよ」

軽く手を振って去っていくアデルの姿を見送りながら、私はキュッと結んだ手を胸元に押し当てた。

シャトロワの丘の伝説。

さっきアデルに話した内容は、お姉様が教えてくれた話と、実はほんの少しだけ違う。

「シャトロワの丘の樟に、満月の夜に金色のリボンを二人で結び付ければ、その二人は、永遠に結ばれる」

見上げた空に浮かぶ、細く儚《はかな》い三日月。次の満月の頃、私たちはどんな気持ちで月を見上げているのだろう。


「なんて素敵……!!」

部屋に入った瞬間、みんなはお互いに顔を見合わせて、華やいだ声を上げた。

華美ではないけれど質のいい調度品が並ぶ美しい部屋。開かれたクローゼットから、色とりどりのドレスが覗いている。何枚かはトルソーに着せられて、窓から差し込む光を受けてキラキラと輝いていた。

「もしかしたらみんなで過ごせる最初で最後の夜会でしょう。お母様もとても喜んで、おばあさまのお屋敷からたくさんドレスを取り寄せてくださったの。よかったらみんな、好きなものを選んで」

コルネリア様の言葉に、たちまちその場は女の子たちの歓声であふれ返った。

「ありがとうございます」

部屋の入り口で、コルネリア様にお礼を言う。

貴族とはいえ、すっかり力を失った旧公国派では、夜会のドレスを整えることも難しい家があることを私は知っていたので、コルネリア様に密《ひそ》かに相談をしていたのだ。

「お礼を言うのはこちらの方よ、ティア。夜会を開くのは私ですもの。それに、みんなに着てもらえてドレスも喜んでいるわ」

コルネリア様はこぼれる花のように微笑んだ。

「夜会の開催は、ユリウスが学院に通してくれたし、あとは当日、つつがなく進行することを祈るのみだわ。なんだか、帝国派の生徒たちが不穏な動きをしているみたいだし」

コルネリア様は美しい眉間《みけん》に微かに影を落とす。

この間の、ディルクの言葉を思い出す。「おまえらを破滅させられる」とは、なんて物騒な言葉なんだろう。卒業を控えて帝国派の生徒たちが、何か落ち着かない動きをしている様子を私も感じていた。

「大丈夫ですよ！　彼らは自分たちから夜会への参加を断ってきたんだし、それに騎士コースのみんなが交代で護衛してくれるんですもの。安心だわ」

明るい声で言うと、コルネリア様も笑顔になる。

「そうね。あ、ティアも好きなドレスを選んでね？　あの若草色のはどう？　あなたの目の色にとても似合ってる」

「あ、私は、おばあ様の昔のドレスで着たいものがあるので、それを自分でできる範囲で仕立て直すつもりなんです。ありがとうございます」

そうなの？　と小首を傾《かし》げて私を見るコルネリア様の向こうから、ひまわり色のドレスを胸に当てたエラがふふふ、と笑いながら近付いてきた。

「ね、ティア。聞いたわよ？　この間の夜、アデルに送られて寮の裏口から帰ってきたんですって？」

「!!」

不意打ちに、持っていた巻き尺を落としそうになる。

「違うの、あれには、ちょっとわけがあって……」

しどろもどろになる私を見て、エラとレーニが蝶《ちょう》のように肩をぶつけあって笑った。

「なんだかんだ言って、アデルとティア、すごくうまくいってる感じ？」

「アデルってば相変わらず不愛想で怖い顔してるけど、最近ティアのことをとっても気にかけてるもんねー」

きゃあきゃあと笑いあうみんなの言葉に、首の方までどんどん熱くなってしまう。

「でも、アデルはコルネリア様に憧《あこが》れてると思ったけど」

イリーナが鏡を見ながら何気なく言った言葉に、その場が一瞬しん、となった。

「憧れてるっていうか、なんか、守らなきゃ、て見守ってるっていうか……あぁこれが騎士道精神ってものねって私感動してて……」

ちょっと！　とエラが彼女をつつき、イリーナはハッとしたように口を閉ざした。

「ごめんなさい、ティアナ、私……」

「あ、いいのいいの。私とアデル、結局ただのつがい同士なだけで、別にそれ以上ってわけじゃないんだから……」

私は慌ててその場を取り繕う。たぶん、明るく笑えたのではないかと思うのだけれど。

午後をだいぶ回った頃、みんなはそれぞれにお気に入りのドレスを選んで、軽やかな足取りで帰途に就いていった。

希望のドレスをリストにして、それぞれのドレスの状態をチェックする作業に熱中していた私がふと気付くと、部屋には誰もいなくなっていた。

「コルネリア様？」

ついさっきまで近くにいたはずなのに。部屋の扉を開き、光が差し込む廊下から螺旋《らせん》階段を下りていく。玄関のホールへ向かおうとして……。

「当日は常に三人が見回りにあたるようにしますから」

聞き覚えのある声がして、胸がとくんと跳ねた。思わず扉の陰に隠れてしまう。

「ありがとう。とても心強いわ」

「三人で心もとない状況なら、俺は常時見回ります」

「いいのよ、アデルにも夜会を楽しんでほしいもの」

ドキンドキンと心臓が鳴る。

そっと覗くと、玄関ホールの片隅にアデルとコルネリア様が立っていた。

コルネリア様が両手で広げた見取り図を、二人で覗き込むようにしながら話をしている。

アデルがその紙の一部を指さし、コルネリア様もそこを見て、そして二人の視線が絡み合う。

朝露に濡《ぬ》れた薔薇《ばら》の花のように可憐《かれん》に微笑むコルネリア様に、アデルも優しい笑みを浮かべる。


——憧れてるっていうか、守らなきゃ、って見守ってるっていうか……。


ついさっきのイリーナの言葉が耳の奥に蘇《よみがえ》る。胸の奥が冷たくなった気がした。

こんな姿、今まで何度も見てきたはずなのに。私は、欲張りになってしまったのかもしれない。

「あれ、ティア。どうしたのこんなところで」

後ろから声をかけられて、飛び上がりそうになる。コルネリア様とアデルも驚いたようにこちらを見た。

振り返ると、ユリウス様がにっこりと邪気のない笑顔を私に向けている。

「ユリウスお帰りなさい。ティア、今ね、夜会の日の騎士コースの方たちの配置を確認してもらっていたのよ」

コルネリア様が私に言った。

「みんなはドレスを選ぶことができたのかな」

ユリウス様に促されるようにして、私も二人に近付いていく。

コルネリア様に笑い返したけれど、上手《じょうず》に笑えているか自信がない。もちろんその隣に立つアデルを見ることなんて、とてもできなかった。

「みんな、ドレスのことすごく喜んでくれたわ。ねぇティア」

「はい、すごく。リストも、作れたし」

「そうか、よかった」

ユリウス様は頷いて、そしてちょっと息をつく。

「……成人の儀の前は、儀式が終わったら僕たちはなにか、大きく変わってしまうのではないかと不安だったけれど、みんながこんな風に夜会に……それぞれのつがい同士で来ることを楽しみにしてくれるなんて、何よりだね。こんな儀式が結び付けた関係だけれど、意外といい組み合わせというか……思いは通じ合っているのかな？　ね、アデル」

いきなり振られて、アデルの肩がぴくりと震えたのが空気の流れで感じられた。

そして、アデルは答えたのだ。

「いや……俺たちは、そういうんじゃないから」

その少し後。私は馬車に揺られながら、窓の外を見ていた。

二頭立ての、白と青を基調にした美しい馬車で、隣にはコルネリア様が腰をかけて楽しそうな声を上げている。

「嬉しいわ、ティアと一緒にお祭りに行けるなんて。リルドの町のお祭りは、本当に綺麗なのよ？」

そうなんですね、楽しみです。と微笑んで返しながら、一体いつ私は一緒に行くことになってしまったのだろうと頭の中をたどる。

けれど、アデルに「俺たちはそういうんじゃない」と切り捨てられてからの記憶は飛びとびだった。

「うふふ、ユリウスー！」

窓の外に馬を走らせたユリウス様が、コルネリア様の声に応《こた》えて軽く手を振った。その向こうに、馬を操って並走するアデルの姿も見えて、慌てて目を伏せる。

反対の窓の方を向いて、涙が浮かぶ目を強い風で乾かそうとした。

分かっていたのに。

アデルにとって、一番大切なのはコルネリア様で、私はただの同級生……うぅん、ひどく気の合わない、同級生以下に過ぎなくて。

ただ、どういう神様のきまぐれか、つがい同士になってしまったから。

だから、それで仕方なく抱いているうちに、ほんの少し愛着が湧いたり、独占欲が出たりすることもある、それくらいの関係に過ぎないんだって、分かっていたはずなのに。

夕焼けの中を滑るように走る馬車は、やがて、小さな町の入り口にたどり着いた。

「行きましょう‼」

ユリウス様にエスコートされて、コルネリア様が弾むように馬車を降りる。

続けて私にも手を差し出してくれたユリウス様の横から、それを遮るようにアデルが私の手を取った。

「ぼーっとしてると転ぶぞ」

なにそれ。誰のせいでぼーっとしてると思っているの。

アデルの手を無視して、ユリウス様の手を取る。ステップを踏んで降りて、ユリウス様を見上げてにっこりした。これくらいの意地を張っていないと、崩れ落ちてしまいそうだった。

「ありがとうございます。ユリウス様、行きましょう?」

春のお祭りのさなかにある小さな町の中を、コルネリア様の後を追って歩き出す。

アデルなんか、アデルなんか。そう口の中で繰り返しながら。


「まぁ！ すごいわ！ なんて賑《にぎ》やかなの!!」

コルネリア様が、私の方を振り向いて笑った。

町の中央の広場には、円を描くようにたくさんの屋台が並んでいる。大きな羊の丸焼きを売る店もあれば、子供の遊具が並んでいる場所もある。そして中央では、お面をかぶった道化師の衣装を着た人たちが、音楽に合わせて陽気に踊っていた。

「みんな見て！ あの大きなお鍋《なべ》はスープを作っているんだわ。あっちの揚げ物はなにかしら……素敵！ なんて面白い色の綺麗な鳥。人の言葉を話すなんて本当かしら!!」

コルネリア様は、子供のように素直で無邪気で、その純真さで私たちを大きく包んでくれている。

私はコルネリア様が大好きで。だから、自分の不埒《ふらち》な片想いなんてものは、心の奥深くの地面の底の底に封印して、アデルの恋を、応援しようと思っていた。

大丈夫、まだ間に合う。きっとその気持ちを取り戻せるはず……。

「ほら、見てごらんティア」

ユリウス様が空を指さした。

見上げると、日の沈んだ空の下、会場を囲む大ぶりの木の枝には色とりどりのランタンが灯《とも》されて、あたりを幻想的に照らし出していた。

「わぁ、綺麗……」

「だろう？　このランタンを、お祭りの後は僕たちの夜会に借りられないかなって思っていて。この町の人と交渉しているんだよ」

「夜会に？　素敵だわユリウス様。それってすごくいいアイディア！」

少し気持ちが明るくなって、ユリウス様を見上げた。

「でしょ？」

ユリウス様も、優しい微笑みを浮かべて私を見返してくれる。

あ……。もしかしてユリウス様、私が元気がないことに気付いていた？

不意に反対側の手が、ぐいと引っ張られた。

「きゃっ」

あまりの勢いに転びそうになりながら、私の身体はその場所から、引きずられるように離れていく。

振り向くと、ユリウス様の驚いた顔が人ごみに隠れた。

「アデル！　なに？　痛いってば……！」

人ごみを抜けた広場の片隅で急に立ち止まったアデルが、振り向きざまに私の身体を引き寄せて、大きな木の幹に押し当てるようにして、唇をふさいできた。

「んっ……」

アデルの胸を叩く。両手に渾身《こんしん》の力を込めて、肩を押し返した。

抵抗に怯《ひる》んだように唇を離したアデルが、それでも私を怖い顔で見る。

「なんだよおまえ、ユリウスにヘラヘラしてんなよ」

「なっ……なによ、そんなことしてないわよ!! アデルこそ、コルネリア様とすごく嬉しそうにして……邪魔して悪かったわね!!」

言葉にしたら涙が出そうになって、キスされた唇を乱暴にぬぐった。

「っ……ざけるな」

小さくつぶやくと、アデルは咬《か》みつくようにまた口づけてきた。

肩を押さえる力が強い。強すぎて、痛い。

唇を離して目が合って、私が涙目なのを見て、アデルの表情が微かに歪《ゆが》む。

「他の誰にも触らせないって言っただろ」

「そんなんじゃない、って言ったじゃない!!」

ああだめだ、もう止まらない。止めることが、できない。

「私とは、そんなんじゃないって。想いが通じ合った相手なんかじゃないって……」

「それは」

「なによ、そうだよね。コルネリア様に誤解されたらたまらないものね！　でも残念でした、あんたのつがいは、大嫌いなこの私なの!!」

「違う」

アデルが、苛立《いらだ》ったように息を吐き出す。

「違うってなによ！　覚悟できてなさすぎ!!」

そういえば最初の頃、同じ台詞《セリフ》をアデルに言われたな、と頭の片隅で思いながら、乱暴に目を擦る。

「だから……あれは、おまえが」

「私が？　私がなによ」

「だから、俺じゃなくて、おまえが……ユリウスに誤解されたら嫌だろうと思ったんだ。だから」

ランタンの下、アデルは唇を引き結んだ。

「……俺だって別に、あんなことを言いたかったわけじゃない」

涙が伝った私の頬を、そっと優しく撫でてくれた。

「……バカ」

下唇を噛んでアデルを見上げた。アデルもなんだか苦しそうに私を見て。

私の頬に当てていた手が下りてきて、私たちは、そっと手を繋《つな》いだ。

「私だって、あんな風に言われて、すごく、嫌だった」

「うん」

「すごく、嫌だったの」

「……悪かった」

私たちは黙って見つめあって。

それから、合わせるだけのキスをした。

さっきとは比べ物にならないくらい軽いキス。だけど温かいものがじんわりと広がって、あふれてきてしまいそうになる。

唇が離れると私をじっと見つめるアデルと目が合って、なんだか恥ずかしくなって俯いた。

「――少し歩くか？　そこらへん、一緒に」

「デート、みたいに？」

私の言葉にアデルは微かに目を見張って、頬を染めてふっと笑った。

「そうだな……うん、悪くない」

不意に、気持ちが抑えられなくなった。

「アデル、あのね、私……」

「ティア！　よかった、はぐれてしまったかと思ったわ!!」

雑踏の向こうからコルネリア様の声がした。

ユリウス様を引き連れたコルネリア様が、私たちの方に大きく手を振っている。

「ねえ、広場でお芝居が始まるんですって。一緒に見ましょうよ!!」

私とアデルは顔を見合わせて少し笑って、コルネリア様たちの方に、手を繋いだまま歩いていく。

夜会の後で、アデルに言おう。
アデルのことがずっと好きだったって。
つがいになれて嬉しかった、これからもずっと一緒にいたいって。
勇気を出して、この気持ちをちゃんと伝えよう。
夜空に浮かぶランタンを見上げながら、私は心に決める。

なのに。
夜会で、あんなに大変なことが起きるなんて。
私たちは、ちっとも予想していなかったのだ。

第四章「運命の夜会」

その日は、満天の星空がアリータ公国の夜を彩った。

「アデル、見て！　みんなが集まってきてる!!」

興奮が抑えられなくて馬車の窓から身を乗り出すと、丘の上に建つアリータ公爵家の屋敷を見上げた。

公爵邸へと続く緩やかな坂の両脇《わき》の木々には、橙《だいだい》色の灯《ひ》を灯《とも》したランタンが等間隔に飾られて、屋敷へ続く道を幻想的に彩っていた。

「いいから落ち着けって。落っこちるぞ」

馬車の隣にぴたりと馬を寄せながら走るアデルが、呆《あき》れたように言う。

今夜のアデルは、帝国学院の騎士コース首席にふさわしい正装をしている。

学院の紋章が首元に入った、裏地が青く金の糸で縁取られた純白のマントがとても眩《まぶ》しい。いつも、どこか気怠《けだる》い感じで制服を着崩しているアデルとのギャップが大きくて、私はさっきから、直視できないくらい胸をときめかせてしまっているのだ。

前日、準備のために自宅に戻った私を、夜会当日の夕方、アデルは迎えに来てくれた。

緊張しながらホールへ降りていくと、アデルはその目をふっと開いて、それから照れくさそうに目を伏せて、そして少し得意げに口の端を上げた。

「俺《おれ》が言ったんだからな……琥珀色《こはく》、絶対おまえに似合うって」

私が着ていたのは、アリータ公国がかつて一番華やかであった頃《ころ》に祖母が着ていたドレスを仕立て直したものだ。

祖母のワードロープは、公国が滅んでからの十二年間でかなり手放してしまっていたのだけれど、鉱石を溶かし込んだような琥珀色のそのドレスは奇跡的に残っていた。

夜会の話を聞いてすぐに帰宅して準備を進めておいて、間に合って本当に良かった。

「ああ、なんて素敵なのかしら。かつてのアリータ公国の夜を思い出すわ。あなたのお父様も、毎晩私をエスコートしてくださったのよ」

前日家に帰ると、久しぶりの夜会を前に母もばあやも大興奮だった。

私は二人に捕まって、まる一日かけて体中を磨かれ、髪を結われ、念入りに化粧を施された。

母は、屋敷の奥底に隠していた秘蔵の首飾りまで出してきて私を飾ってくれて、ばあやは若い頃の奥様にそっくりですよと言って目に涙さえ浮かべるほどだった。

鏡に映る姿がいつもの自分と違いすぎて、嬉《うれ》しいというより戸惑ってしまう。

こんなに気合を入れて着飾った私を見て、アデルは笑うんじゃないかしら。似合わない、とか仮装みたいだ、とか、今までだったら絶対言いそう。

そう思っていたので、アデルの言葉に驚いて、嬉しくて、ちょっと、泣きそうになってしまう。

でも、その後私の耳元で、

「胸の谷間、ちょっと見せすぎじゃないか?」

少し不満そうに囁《ささや》いたのには、思わず笑ってしまったのだけれど。


馬車は、ゆっくりと坂を上っていく。

こんなに素敵な夜会にアデルと一緒に来られるだなんて、コルネリア様、ユリウス様、本当にありがとうございます……!

「アデル、私、今夜がとても楽しみよ」

馬車の隣を行くアデルに声を張った。

「そうだな……俺もだ」

ふっと笑って私を見てくれるアデル。

アデルは、今もコルネリア様のことをとても大切に思っているだろう。好き、なんだろう。

だけど、もしかしたら。

私のことも、その半分くらい、好きになってくれていたり……しないかな。

それとも私を抱くのは、欲求を解消するためだったり、つがいとしての義務だったり、やはりまだ、それればかりなのかな。

ううん、違う。肝心なのは私自身の決意なのだ。

この夜会が終わったら、アデルに思いを告げるって、私は決めたのだから。

早鐘のように打ちだす心を胸の奥に隠しながら、窓に添えた指先に、私はキュッと力を込めた。

かつてのアリータ公国において数多《あまた》の夜会や式典が催されていたアリータ城は、今や帝国が執務を行う本拠地にされてしまっている。

だけれど、城からアリータ公一族が居を移したアリータ公爵邸は、私たちにとっては十分華やかで豪華なお城だった。

光がこぼれる屋敷の入り口に次々に乗り付けられた馬車からは、同じ学年の貴族の娘たちが、色とりどりのドレス姿で舞うように降りてくる。

私もその中に交じって馬車から降りた。アデルが手を添えてくれる。

広間には、公国時代に宮廷楽団として演奏をしていた、もうお爺さんになりかけている楽師の方々が今夜のために集まってくださっていて（ユリウス様が探し出したらしい……さすが！）美しい音色が流れてきていた。

アデルと一緒に大広間に足を踏み入れると、みんながそれぞれのつがいと一緒に集まっているのが見えた。目が合うとなんだか恥ずかしくて、ニマニマしてしまう。

いつもよりちょっと気取った口調でおしゃべりをしていると、大広間の中央、二階へと続く階段から、ユリウス様にエスコートされてコルネリア様が下りてきた。

薔薇《ばら》の涙みたいな美しいドレスをまとったコルネリア様は息が止まるほど美しくて、その手を取るユリウス様も隙《すき》のない正装でいつにもまして王子様みたいで、私は思わず両手を胸の前で組んで、うっとりと見上げてしまう。

「おい、よだれ出そうな顔してるぞ」

ぼそっとアデルに囁かれてハッとする。

肘《ひじ》でアデルの腰を突いている私に、コルネリア様が笑顔を向けてくださった。

「ティア、来てくれて嬉しいわ。もうすぐ卒業してしまうのは寂しいけれど、今夜は思い切り、素敵な思い出を作りましょう」

一生、忘れられない夜会が始まった。


それは、夢みたいに楽しい時間だった。

私たちは笑って、おしゃべりをして、その時間を心から楽しんでいた。

アデルたちは交代で見回りに行っていたけれど、何か異変があるようなこともなく、ひたすらに幸せな時間が過ぎていく。

昔は、夜ごとに華やかな夜会が繰り広げられていたのよ、とお母様が懐かしげにおっしゃっていたけれど。でも、不謹慎かもしれないけれど、今日が初めてで、もしかして最後の夜会だからこそ、こんな風にかけがえのない、きらめく夜に感じるのかもしれない。

夜も更ける頃、楽団はワルツを奏で始めた。

こんな素晴らしい場所で踊るのは物心ついてから初めての経験だったけれど、一応学院でステップは習っている。私はぐっと手に力を込めると、見回りから帰ってきたアデルを見上げた。

「ア、アデリュ、踊らない？」

噛《か》んでしまった……。

七割の確率で断られると思っていたけれど、どうしてもどうしても、今夜、アデルと踊りたかったのだ。

アデルは、私がそう言い出すことを予想していたのか、肩を竦《すく》めるようにしてため息をつくと。

「光栄です、姫」

ニヤリとして、手を差し出してくれた。

アデルが私の腰に片手を添えて、私たちは音楽に合わせて踊り始める。

あのアデルが踊っている！　とみんなが見ているのに気付いているのか、アデルは少し目を伏せて仏頂面だったけれど、私と目が合うと、ふっと確かに微笑《ほほえ》んでくれる。

私は、このままどこまでも踊っていけそうなくらい幸せで、足元がふわふわとしていた。

ねぇ、アデル。

私たちはずっと喧嘩《けんか》ばかりだったけれど。

何度も何度も、一生口きかない！　なんて言っちゃったりしたけれど。

今日こんな日に、一緒に踊れるのがあなただなんて、私はとても幸せだよ。

曲の終わりが近付いて、次の曲も踊りたい、と私が口を開こうとした時。

「かわってもらえるかな？」

アデルの肩を叩《たた》いたのは、ユリウス様だった。

驚く私たちに、ユリウス様はくすっと笑ってアデルを見た。

「そんなに怖い顔しないでよ。今夜は生徒会としての卒業の記念会も兼ねているんだよ？　もうすぐ離ればなれになる幼馴染《おさななじみ》同士で踊ることの、何がそんなに不自然かな？　みんなだってつがい以外でも踊り始めているし」

目線で周りを示されて見渡すと、確かにみんなはパートナーをかえながら楽しそうに踊っていた。

アデルは何かを言いかけたけれど、言葉を発することはなく。私の方を見ないまま、ポジションをあっさりとユリウス様に譲ってしまう。

私は思わず、アデル、と言いかけたけれど、

「アデルはコルネリアと踊ってあげてくれない？　待っているから」

ユリウス様が言ったので、ひゅっと言葉を飲み込んでしまった。

曲が流れ始める。優雅な動きで私の身体《からだ》を抱き寄せて、ユリウス様が踊り始めた。

そのステップは軽やかで、スピードが速い。くるりくるりとホールの中央を滑るように踊るユリウス様に誘導されるままにステップを踏みながら、私は必死でアデルの姿を探した。

「ティア、踊っている相手の方を見て？」

ユリウス様が、私を抱き寄せて耳元で囁いた。

「あ、ご、ごめんなさい……ユリウス様がとても上手だから……」

見上げると、眩しい光の中、微笑むユリウス様の顔がすごく近くにあってびっくりした。

「ねぇティア、前に僕が言ったこと、覚えてる？」

「え……」

「ユリウス様、じゃなくて、ユリウス、って呼んでくれないかな」

ユリウス様の肩越しにアデルが見えた。これから踊り始めるのか、コルネリア様がアデルを見上げて、何かをお話しされている。その指先が、アデルの肩にそっと触れた。

やだ。

いや、だよ。

目を伏せた。光がぼやけて視界がにじむ。

「ねぇティア、僕は……」

不意にユリウス様の声が途切れた。

「ユリウス、悪いがそいつをエスコートするのは俺だ」

ユリウス様の肩を引くアデルの姿が、涙でにじんだ私の目に映った。

アデルは私の手首をきゅっと握ると、大広間の出口へと向かっていく。

笑いあい楽しそうに踊る人々を避けて、ホールを抜けて、玄関も出て。入り口の片隅、光があまり届かない場所まで来ると、私を振り向いて、ぎゅっと抱きしめた。

私の身体をそのまま自分の中に取り込んでしまいそうな強い力で、しがみつくように抱きしめて。

「アデル、痛い……」

思わず言った私の身体をふっと放して、そのまま、ぶつけるようにキスをした。

最初は上から押さえ込むように唇をふさぎ、息継ぎができなくてパッと口を離した私の身体を、屋敷の壁に押し付けるようにして、下からすくい上げるように、またキスをした。

口の中に割り入った舌が、私の舌を捕らえて絡みつく。

「んんっ……」

きっと、今までで一番激しいキス。

長い時間をかけて交わった唇が離れると、二人の間に唾液《だえき》が糸を引いてしまう。

頭がぼうっとなったのと恥ずかしいのとで、アデルの顔が見られない。

「ごめん」

私の唇を右手の親指で優しくぬぐいながら、アデルがせつなそうに見る。

「え……？」

「ユリウスとせっかく踊っていたのに……邪魔した」

拗《す》ねたように、目線を下に落とす。叱《しか》られるのを分かっている子供みたいだ。

気持ちが喉元《のど》まで込み上げてきて、何て返したらいいのか分からなくて、私は大きく息を吸って、

「コルネリア様と、踊らなかったの？」

アデルは怪訝《けげん》そうに眉《まゆ》を寄せて、

「それどころじゃないだろ……おまえがユリウスと踊ってるのに」

「それどころって」

思わず、泣き笑いみたいな声が出た。

「バカね。こんなチャンス、もうないかもしれないのに」

アデルは、私の肩に額を乗せる。拗ねた子供みたいな仕草が、たまらなく可愛《かわい》い。

「……今すぐ、ここで抱きたい」

「いやそれは無理」

思わず素早く返してしまった。目を合わせて、今度はお互い笑ってしまう。

「ねぇ、アデル」

「ん？」

「私、アデルに伝えたいことが……」

「アデル!!」

屋敷の入り口から鋭い声が飛んだ。

アデルが瞬時に私の身体を背中に隠すように、庇《かば》うような体勢になる。

「どうした」

危険がないことを確かめながら、私の手を引いて明るいところに出た。

入り口の光を背に視線をさまよわせていたエルマーが、私たちの姿を見て、ほっとした表情になる。

「屋敷の正門に、帝国派の生徒たちが馬車を乗り付けてきているらしい。生徒会の行事なら自分たちにも出席の権利はあると。ユリウスたちが向かっているが、アデルも行ってほしいとコルネリア様が」

アデルは、小さく舌を打った。

「自分たちは興味ないとか言っていたくせに、あいつら今更なんなんだよ」

「分かった、すぐ行く」

憤るエルマーに短く答えて、アデルは私を振り向いた。

「ホールにいろ。すぐ戻るから」

ユリウス様とアデルが向かえば大丈夫だ。エルマーもそう思っているし、きっとコルネリア様も。もちろん、私もそう信じている。

でも。

足早に馬留めに向かおうとするアデルの背中を見て、なぜだろう、すごく不安な気持ちが心の奥底から湧《わ》き上がって。

「アデル！」

思わず声が出た。振り向いたアデルに、少し震える声で言う。

「戻ってきたら、伝えたいことがあるの」

アデルは一瞬立ち止まって私を見ると、

「俺もだ」

そう言って、今度は振り返らずに走っていく。

大丈夫。

ぎゅっと、胸元で両手の指を祈るように組み合わせた。

「きゃっ……」

その時、微《かす》かに女の子の悲鳴が、屋敷の正面の庭の奥から聞こえた気がした。

あたりを見回したけれど、アデルたちはもう正門に向かってしまっている。

一瞬躊躇《ちゅうちょ》したけれど、ドレスの裾《すそ》をそっと持ち上げて、屋敷の玄関前の階段を下り、駐《と》められた馬車の間をすり抜けて、屋敷の前庭に入った。

四季の花が咲き乱れ、噴水がしつらえてある美しい庭の中をくるりと見回すと、噴水の後ろに人影が動いた。

「は、放して……！」

菫《すみれ》色のドレスの女の子……イリーナが、背の高い数人の影に囲まれている。

手を掴《つか》んでいる相手がディルク・ノイマンだと分かった瞬間、私は、彼女とディルクの間に駆け込み、その手を払いのけていた。

「なにしてるの!!」

息を弾ませながら叫ぶ。

「ティア!!」

イリーナが、涙目で私の背中にしがみついた。

「へえ……おまえ、伯爵令嬢か」

ディルクは、相変わらず取り巻き二人を従えて、にやりと笑いながら私を見下ろした。

「こうやって旧公国派の生徒と仲良くしようとするのをおまえに邪魔されるのも、もう最後かと思うと少し寂しいぜ」

「どこから入り込んだの？　門は開いていなかったでしょう」

冷静に答えると、ディルクは、癇《かん》に障る笑い声を上げる。

「あー正門か？　そうだな、開いていないうえにユリウスやアデルが来る気配を感じたから、俺は一足先に裏側の門からお邪魔したんだよ」

「そこまでして……」

お屋敷に裏門から入り込んでまで、夜会に入れてもらいたかったのだろうか。

「そしたら、こいつが寂しそうにしているから声をかけてやったってわけ」

「違うわ、門に帝国派が来たっていうから、様子を見に行こうかと……ごめんなさい、ティア」

イリーナのつがいのゲルトも様子を見に行っているのだろう。心配になった彼女の気持ちは、とてもよく分かる。

「大丈夫よイリーナ。屋敷に戻りましょう」

ディルクたちを相手にしている場合じゃない。ここで私が感情に任せた行動をしたら、それこそコルネリア様に迷惑をかけてしまう。

努《つと》めて冷静にディルクを見た。

「夜会に参加したいのだったら、ユリウス様に申し出て。正門にいるから、そっちに行って」

「そんなに焦るなよ」

ディルクに右手を掴まれる。瞬時に振りほどこうとしたけれど、ギリッと強い力で引き寄せられた。

「今日はやけに綺麗《きれい》にしてるじゃないか。悪くない。よく見せろよ」

舐《な》めるような視線が、私の顔から首筋、胸元まで下りてきて、止まった。

「ふざけないで、放してよ！」

「アデル・ベルガーに毎日抱かれて女として目覚めたのか？　あいつはおまえのこと抱きながら、コルネリア様、とか呼んでるんじゃないか？」

掴まれているのと反対の手を後ろに十分振りかぶる。こいつには、パーは勿体《もったい》ない。

「喧嘩ばかりしていたくせに、いざつがいになったら盛《サカ》りまくりとは、簡単なもんだな、おまえら田舎《いなか》貴族は！」

握ったこぶしをディルクの頬《ほお》にお見舞いしようとして、いやそれすら勿体ない、と思う。

ディルクに引き寄せられるままに体をぐっと近付ける。

「なんだ？」

一瞬ディルクがにやけたその瞬間に、奴《やつ》の足と足の間で、膝《ひざ》を折って思いっきり突き上げた。

うぎゃ、みたいな、ぐえ、みたいな。

蛙《かえる》がつぶれたような声を漏らして、崩れ落ちたディルクがその場に膝を突く。

「アリータ公国の誇りを傷つける発言は許さない。行こう、イリーナ」

イリーナを促して歩き出した私の背中に、ディルクが叫んだ。

「ふ、っ……ざ、けるな!!　なんなんだおまえらは!!　滅んだ、国の貴族なんか……俺たちに、おもねるしかないだろう、なのに、結局……最後まで……!!」

「かわいそうな人。仲間に入れてほしかったのなら、そのように振る舞えばよかったのに」

「いいのか!!」

笑いを含んだような、自棄《やけ》になったような大きな声。

「俺にそんなことを言っていいのか!!」

ディルクの様子がおかしい……?

思わず立ち止まり、イリーナに先を促しながら振り返った。

地面に膝を突いたディルクが私の方を見て、ニヤニヤとおかしそうに笑っているのが、月明かりに照らされる。

「よく聞け……ティアナ。ティアナ・クライン!!」

ヒステリックな叫び声。

「おまえの本来のつがいの相手は……ユリウス・ハーンだ、ティアナ!!　——アデル・ベルガーの相手はコルネリア・アリータ!!　俺が入れ替えてやったんだよ、父さんの書類に手を加えてな!!」

耳の奥がキーンとしびれる。脳で理解できていないのに、声が頭の中に響いてくる。

「おまえの本当のつがいの相手は、アデル・ベルガーなんかじゃないんだよ。残念だったなティアナ!!」

壊れたように笑うディルクの声が、庭に響き渡る。

「ティアナ!!」

駆け寄ってきた、大好きな人の声。

どうしよう、アデル。どうしよう……。

私は、アデルの腕の中に、倒れ込むように……意識を失った。

「ティア、大変！　コルネリア様が野犬に!!」

フワフワした感覚の中、私はぼんやりと意識をたどる。

中等部の制服を着ている……私たち。

課外授業で、近くのちょっとした山の上へ自然観察に出かけて……。

レーニの叫ぶ声に、私は弾《はじ》かれたように駆けだした。

公国時代には美しく保たれていたこの山には、帝国軍が食べ物などを放置するようになったことで、それまではいなかった危険な生き物が姿を見せるようになっていた。

「コルネリア様!!」

「アデル!!　アデル!!」

駆け付けた私の視線の先を、野犬が逃げていく。

うずくまった男子生徒に、コルネリア様がしがみつくようにして声を上げている。

「ティア！　先生を呼んで!!　アデルが犬を追い払ってくれて、でも咬《か》まれてしまったの!!」

顔をしかめて腕を押さえるアデルの指の間から、血がにじんでいる。

涙目でアデルにしがみつくコルネリア様に、痛みに顔を歪《ゆが》めつつも、アデルは大丈夫です、と繰り返し答えていた……。

ああ、また私は、夢を見ている。

意識がだんだんと、十八歳の私の身体に戻ってくる。

——ふざけるな、冗談じゃない！

アデルの声。何をそんなに怒っているの？　コルネリア様に、何かあった？

——とにかく彼の身柄を引き渡して話をしてこよう。

ああ、みんな、どうしたのかしら……夜会は？　私、夜会がとても楽しくて……。

夢、みたいに幸せだった。

だけど私は、知っていたはずなのに。

夢は必ず、いつか、醒《さ》める。


「ティア？」

ぱっと目が覚めた。

視界に飛び込んできたのは、こちらを心配そうに覗《のぞ》き込む、金色の長い髪の美しいひと。

「コルネリア様……」

「無理しないで、ティア」

私を心配そうに見て、水差しから冷たい水をコップにくんでくれる。

「すみません、私……夜会は……」

「大丈夫よ。みんな十分楽しんだ頃合いだったから」

窓の外は夜の闇《やみ》だ。ゆっくりと起き上がり、お水を口に含む。

見慣れない部屋。ランプが優しく照らすその寝室のベッドに、私は横たわっていた。

ドレスから、優しいクリーム色のシルクの寝巻に着替えさせてもらっている。

「すみません、私ったら……」

「うぅん、いいの。無理もないわ」

「私、変な夢を見て……」

どこからが夢だったんだろう……。


――おまえの本当のつがいの相手は、アデル・ベルガーなんかじゃないんだよ!!


忌まわしい叫び声が蘇《よみがえ》って、コップを落としそうになる。

「変な、夢、を……」

違う。あれは、夢なんかじゃない……。

「コルネリア様……」

首を振って、コルネリア様は悲しげに微笑んだ。

「――今、ユリウスとアデルがディルク・ノイマンの屋敷に同行しているわ。父親の、ノイマン行政官と話をしてくるって」

ああ、やっぱり。あれは夢ではなかったのだ。

――おまえの本来のつがいの相手は……ユリウス・ハーンだ、ティアナ!!　アデル・ベルガーの相手はコルネリア・アリータ!!　俺が入れ替えてやったんだよ、父さんの書類に手を加えてな!!

なんてことだ。そんなことをするなんて。

なんて、ことだろう……。

「アデル……」

アデル。アデルに会いたい。

ぎゅっとブランケットを握りしめた私の手に、コルネリア様の白くて柔らかな指が重なった。顔を上げると、コルネリア様の目と私の目が合う。

そうだ。私だけじゃない。

コルネリア様だって、ユリウス様とつがい同士じゃなかったって分かって、不安なんだ。

私がしっかりしなきゃ。

「大丈夫ですよ、コルネリア様！　きっとユリウス様たちがどうにか……」

「ティア」

コルネリア様が、静かに口を開いた。

「相談があるの、ティア。私の話を、聞いてもらえないかしら――」

アデルとユリウス様がアリータ邸に戻ってきたのは、それからしばらく経《た》ってからだった。

もうすっかり真夜中で、屋敷は闇に沈んでいる。

「よかった、ティア。目が覚めたんだね」

私がコルネリア様と一緒に椅子《いす》に座っているのを見て、部屋に入ってきたユリウス様は微笑んだ。

その後ろから苛《いら》ついた表情のアデルが入ってくるのが見えて、私は目を伏せた。

「どうでした？　ノイマン行政官は」

「父親の彼も、今回ディルクがしでかしたことには全く気付いていなかったようだ。僕らの話を聞いて青ざめていたよ。だけど彼は噂《うわさ》にたがわぬ保身の塊だ。話しているうちに、そもそも僕らがディルクに強制して組み合わせを変えさせたのではないか、とまで言い出す始末だったよ」

「無茶苦茶だ。叩き斬《き》ってやる」

アデルが吐き捨てる。

「ノイマン行政官は、明日の朝、この地方を束ねる行政長官を伴ってこの屋敷に調査に来ると言っている。恐らくそこで、僕たちが帝国に逆らって勝手につがいの相手を変えた、と告発する気だろう」

ユリウス様はため息をついた。アデルがドアの方へ踵《きびす》を返す。

「ディルクの奴を半殺しにして、やったことを長官の前で吐かせる」

「そんなことをしては」

黙って聞いていたコルネリア様が、良く通る声で言った。

「そんなことをしては、この帝国でのあなたたちの騎士としての道は閉ざされます」

「でもコルネリア様」

「私は」

コルネリア様は、すっと椅子から立ち上がる。

「私は、今夜のうちに、本来あるべき姿に戻しておくのが一番いいのではないかと思います」

アデルが眉根を寄せた。

「本来あるべき姿？」

「そうです。──私とティアは、不幸中の幸いで……まだ子を成していません。今夜のうちに、つがいの組み合わせを、元の形に戻しておくのです」

視線を私に向けて、それからアデルに移してコルネリア様は続けた。

「私と、アデル。そして、ユリウスと──ティアナに」

「馬鹿《ばか》げてる」

即座にアデルが切り返す。

「こんな茶番に付き合う必要はないでしょう、コルネリア様。俺がすぐにディルクをぶっ殺して……」

「コルネリアの言う通りなのかもしれない」

ユリウス様の言葉にアデルの動きが止まる。私も驚いてユリウス様を見た。

「そもそもその組み合わせが本来の姿なのだとしたら、危険を冒してまで逆らうこともないのではないかな。考えてみれば、僕たち四人の中で組み合わせを変えてくれただけでよかった。コルネリアやティアと自分を組み合わせるようなこと、ディルクなら考えそうなものじゃない。そんなの、考えただけで虫唾《むしず》が走るよね。それに比べたら僕はずっと、受け入れられるよ」

信じられないものを見るような目でユリウス様を見たアデルが、

「おまえたち、どうかしてる。行くぞティアナ」

大股《おおまた》で近寄り、私の腕を引いた。

「……ティアナ？」

私は椅子から立ち上がらない。

下を向いたまま、小さな声で。でもはっきりと私は言った。

「――私は、ユリウス様とつがいになれるのなら、とても、嬉しいです」


気付けば私は、アリータ邸の離れの二階にある客用の寝室のベッドに腰をかけていた。

なんて、長い夜だろう。身体が疲れて、とても重くて。また、眠ってしまいたい。

そうして目が覚めたら、お母様とばあやが手ぐすね引いて待っていて、私をせっせと飾り立てて、そうしてアデルが迎えに来るのだ。「琥珀色似合うな」って。

――だめだ。そんな日はもう二度とこない。

私がアデルの心を、思いやりを、めちゃくちゃに踏みにじったのだから。

「私は、ユリウス様とつがいになれるのなら、とても、嬉しいです」

私の発した言葉の後、部屋が沈黙に包まれた。

「――ティアナ」

静かに、アデルが口を開く。

「顔を上げて、俺の目を見ながら、もう一度言ってみろ」

膝に置いた手できゅっと夜着を握りしめて、息を吸い込む。ゆっくりとアデルの瞳《め》を見上げた。

少し切れ長で、強気にも寂しげにも見えて、時々、とても優しい色を宿すその瞳に見つめられるのが、とてもとても、好きだった。

大丈夫。つらいけれど泣いちゃいけない……そんなことは、今までだってたくさんあった。

「だって、アデルは知っているでしょう？　私がずっと、ユリウス様のこと、好きだったこと」

そして、にこっと笑顔になる。

「アデルも、思っていたよりは気が合うかもって最近思えてきてたけど、やっぱりユリウス様とは、ちょっと違うから」

頭と言葉と、話している自分自身と、そして心とが、全く別のものとして繋《つな》がっていない感じだった。地面がどこにあるか分からない非現実的な空間の中で、ただつらつらと話す私を、アデルが黙ってじっと見ている。

大丈夫だよ、アデル。

アデルは優しいから。すごく優しくて、真面目《まじめ》で、責任感が強くて。

だけど、今は、自分の心に従って。

あなたがずっと望んできた形になったんだよ。

「……そうか、そうだったな」

ふっとアデルが息をついて、私の頭を、くしゃりと撫《な》でる。

「……よかったな」

次に顔を上げた時は、彼はもう部屋の扉を開けるところで。

私にはもう、その背中しか見ることができなかった。


立ち上がって窓の近くに行き、そっとカーテンを開く。

広い庭の向こう、アリータ邸の本館が見えた。数多の窓のいくつかに、ふんわりとした灯が灯っている。

あの中のどれかの窓で、今。アデルと、コルネリア様が……。

私はさっき、アデルたちがディルクの屋敷から戻ってくる前に、コルネリア様と話したことを思い出していた。


相談があるの、ティア。私の話を、聞いてもらえないかしら——。

そう言った後も、コルネリア様は何度も逡巡《しゅんじゅん》するように、下を向いたり横を向いたりして言葉を継げないでいた。でも、やがて決意をしたように私を見て。

ディルクが入れ替える前の、本来のつがいの組み合わせに戻ることを提案したのだった。

驚いて凍り付く私に、コルネリア様はその理由を挙げていく。

恐らくディルクの父親は、自分の息子の罪を簡単には認めないだろうということ。

ここで騒ぎを大きくしてしまうと、帝国から目をつけられて、自分たちの卒業後、特に帝国の騎士として活躍するアデルとユリウスの将来に、傷が付いてしまうだろうということ。

まかり間違えれば、かつて「十八歳の反乱」を起こしたアリータ公国の十八歳たちのように、自分たちも投獄されかねないということ。

それでも、私は首を縦に振らなった。

振れなかった。

だってそれは、アデルを失ってしまうということだから。それを認めてしまったら、私とアデルの、唯一の繋がりすらも絶たれてしまうのだから。

だけど。

その後に続いたコルネリア様の言葉に、私を支えていた最後の細い細い糸が、ぷつりと音を立てて切れてしまうことになる。

「それにね、ティア。私は、アデルのつがいになりたいの。だって、私、ずっと……アデルのことが、好きだったんだもの」

「ティア」

不意に後ろから声がして、私は慌てて両目を乱暴に擦《こす》った。

いけない。気が付くとすぐに、涙があふれてきてしまう。

もう、私は抜け殻だというのに。

明日から、どうやって息を吸って、どこへ歩いていけばいいのかも、何も分からないというのに。

なのに私は、部屋に入ってきたユリウス様に向かって笑顔を見せる。

「大変なことになっちゃったね、ユリウス様」

ユリウス様はさっきまでの正装を解いて、部屋着なのか、柔らかな布地のシャツとズボンに着替えていた。アッシュブロンドの髪が、ランタンに照らされて鈍く光る。

「僕は全然。君こそ疲れただろう」

ユリウス様はベッドに腰をかけて、窓辺に立つ私を見た。

この人も、いきなりこんなことになって戸惑っているんだろう。

「ユリウス様こそ。もう寝るの？　それじゃ、私は別の部屋を貸してもらうから……」

頭がうまく働かない中でそう答えると、私は扉に向かって歩こうとした。

その手を、ユリウス様が掴む。

「どうして？」

「え……」

そのまま、その手をぐっと引く。

それは、綺麗な顔からは想像できないほど強い力で、私の身体は簡単にベッドの上に仰向けに倒されてしまった。

「どうして、僕が何もしないでいられると思うの？」

綺麗な指先が私の栗《くり》色の髪を摘まみ、その毛束の先に口づける。伏せた瞳を縁取る長いまつ毛をぼんやりと目で追っていると、不意に目を上げてこっちを見た瞳《ひとみ》の奥は、今までのユリウス様の目の中には決して見たことのない、男の人の色を宿していた。

ユリウス様の唇が、私の目じりの涙の跡を、たどるように優しくなぞる。

その唇は、ゆっくりと私の頬へ、そして首筋へと落ちていく。

状況を理解した時、反射的にユリウス様の身体を両手で押し返してしまった。

「やっ……めて、ユリウス様……」

「大丈夫」

首筋から鎖骨の方へと舌でたどりながら、ユリウス様が優しくささやく。

「ティアも分かってるだろう？　いきなり決められたつがい同士、戸惑いもあるかもしれないけれど、身体を重ねているうちに、きっとだんだん慣れてくるよ」

ユリウス様の両手が、私の肩を押さえつける。

白くてしなやかなユリウス様の手に、こんな力があるなんて。

当たり前だ。ユリウス様は、騎士コースの首席を争っている人なんだ。

私の腕から、力が抜ける。

そう、こういうことになるって分かっていたはずじゃない。

ここで抵抗して、何になるっていうの。

窓の外、本館の灯《あか》りが見える。

あの中で、アデルとコルネリア様が同じことをしているというのに。

最初から、間違いだったのだ。

全部全部、間違いで、本当ならあってはいけないことだったのだ。

私のつがいがアデルだと発表された時の、心臓が止まるような驚きも、そして、戸惑いの中でも確かに、涙が出るくらい嬉しく感じたのも。

前日、これは夢なんではないかと思いながら、皮膚が赤くなるくらいお風呂《ふろ》で擦ったのも。

お互いひどく罵《のの》り合いながら、初めてアデルの前で肌をさらした息が止まりそうな恥ずかしさも。

私の中に、アデルが入ってきた感触も。

余裕なく私を見下ろしながら、アデルが息をついて、一緒に越えた初めての夜。

廊下の向こうにアデルを見て、息が止まりそうにドキドキしたことも。

図書館で、琥珀色が似合うと言ってくれたこと。

初めてのキス。

保健室で、寝ている私の髪を優しく撫でてくれたアデルの手。

落ちた焼き菓子を「美味《うま》い」と食べてくれたこと。

寮まで送ってくれて、頭を撫でてくれて。

お祭りで手を繋いで、そっと……触れるだけの、キスをしたことも。

「ティア……」

ユリウス様の手が、夜着をめくり上げていく。太ももにユリウス様の指先が当たる。形のいい唇が、私の唇の端に触れた。

や、だ……。

「ティア?」

渾身《こんしん》の力を込めて押し返した私を見て、口づけようとしていたユリウス様が、少し戸惑うように目を上げた。

「ごめんなさい、ユリウス様……ごめんなさい」

「大丈夫だよ、ティア」

「ごめんなさ……」

「きっと、忘れられるよ――アデルのことも」

――!!

ユリウス様の身体を押し返すと、体を一回転させてベッドの下に転がり落ちる。

私の動きが予想外だったのか、戸惑うようにユリウス様が体を起こすより早く、受け身を取って着地した私は、その勢いのまま窓辺に走った。

窓を開けて、一瞬振り向いて、

「ごめんなさい!!」

叫んで、二階の窓から屋根の上へと滑り出た。

「え、嘘《うそ》!!　ティア!?」

ユリウス様の、悲鳴のような声が背中から聞こえてきた。

手の甲で乱暴に涙をぬぐう。

無我夢中《むがむちゅう》で、斜めになった屋根の上を四つん這《ば》いで進み、端まで来ると、目の前の木に飛び移った。

木の幹にしがみついた……はずが、夜露に濡《ぬ》れた木の皮に手が滑り、そのまま幹に添うように、ガサガササ……!! と下まで滑り落ちてしまう。

木の根元、柔らかい草が群生している上に落ちたので助かった。

起き上がる。大丈夫。節々がびっくりしたように震えているけれど、痛くなるのは数時間後だ。初等科の頃、校庭の木から落ちた時の方が悲惨だった。

とにかく暗闇から、庭の中心めがけて走る。

月明かりに照らされると、さっき木の枝に引っかけたのか、夜着がひどいことになっているのが分かった。肩紐《ひも》は片方取れて、腰から太ももにかけて布が裂けている。

でも、構わず走り出す。


アデル、アデル。

アリータ邸の、本館の灯り目指して必死で走る。

足がもつれて何度も転んだ。

そのたび私は、両手を地面に突いて立ち上がり、また走り出す。

屋敷の前庭が見えてくる。噴水と花壇が、月明かりに照らされる。

そこでほんの少し前、ディルクから告げられた残酷な真実。

そして、アデルのことが好きだった、というコルネリア様の言葉。

アデルとコルネリア様は、本当のつがいだった。

想い合う二人を、私が邪魔してはいけない。

そう思った。

だけど、違うの。

そういうことじゃないの。

それでも、その事実は変わらなくても、私は。

私が、アデルに告げたいことだけは――。

また足がもつれて、ぬかるみに顔から倒れ込んでしまう。

お母様とばあやがあんなに綺麗にしてくれたのに、今の私は、まるでお化けみたいにドロドロだ。

それでも私は立ち上がる。裸足《はだし》のまま、走り出す。


その時。

遠く、本館と離れを繋ぐ回廊に人影が見えた。

マントをつけたままの背の高い男の人が、どんどん離れの方に急ぐ後を、綺麗な金色のつややかな髪の女性が追いかけている……。

足早に歩いていた男の人の影がふと立ち止まり、それから、躊躇なく回廊の柵《さく》を飛び越え、すごい速さでこっちに駆けてくる。

どんどん、どんどん近付いてくる――。

「――アデル！！！！」

張り付く喉の奥から、できる限りの声で叫んで、

「ティアナ！！！！」

アデルは私を、ドロドロになって倒れ込んだ私の身体を、白いマントが汚れるのもいとわずに膝を突いて抱きとめて、そのまま、包み込むように抱きしめた。

強く、強く……抱きしめてくれた。

「アデル、アデル、アデル、アデル……!!」

何度も何度も繰り返しその名前を叫びながら、アデルにしがみついた。

アデルは、私の身体をすごく強い力で、折れそうなほどに抱きしめて、首筋に顔をうずめて、しばらく何も言わずにじっとしていた。

二人とも息が荒くて、心臓の音がドキンドキンとしていて、神様、もう、私たちを一つにしてほしいって。そう思った。

それからアデルは顔を上げて、私の顔を見て……ふっと泣きそうな顔で笑って、私のおでこを、優しく撫でる。

「おまえ、すげえ格好……怪我《けが》してないか？　大丈夫……」

「アデルのことが好きなの」

あふれる気持ちに、もう二度と蓋《ふた》なんかしない。

その思いを込めて、震える声を必死で張った。

今までも何度だって、伝えられる時はあった。

でも、勇気がなくて、伝えられなくて。

そうしたら、そのままますべてが終わってしまうところだった。

この気持ちだけが、これだけが、私の唯一の真実なのに。

たった一つ、一番大切にして、伝えなきゃいけないことだったのに。

お願い、アデル、聞いて、アデル。

「アデルのことが、一番好きなの。ずっとずっと、子供の頃から。ずっと大好きなの。忘れたくないの、ううん、忘れることなんて、できるわけがないの。他《ほか》のひとじゃ、嫌なの。アデルのことだけが……」

「俺もだ」

アデルの言葉が、今度は私の声を奪う。

「俺もおまえのことが、おまえのことだけが、ずっとずっと好きだった……絶対、俺の方がずっと前から、おまえのことが好きだった」

「違う、私の方がずっと前から、好きだったよ」

「俺だって」

「私だよ!!」

「あーもう、大人《おとな》しくそこは譲れよ!!」

アデルは苛ついたように返して……目が合って、私たちは、ぷはっ……と笑ってしまう。

それからアデルは、真剣に私を見て。

「……頭がおかしくなるかと思った」

そのまま、唇をふさぐ。

熱く、深く……一瞬離して、角度を変えて。

「愛してる」

私たちは、お互いの身体をかき抱くように抱きしめあいながら、月明かりの下、キスをした。

第五章「これからも永遠に」

翌朝。

ほとんど一睡もしていない私たちの前に、ウェーバー行政長官を伴《ともな》ってディルクの父親、ノイマン行政官が現れた。

ノイマン行政官は、この学院を頂点とした旧アリータ公国地方の教育システムを統括している。ウェーバー長官は、確か一年ほど前に、ここスキニア帝国南部の行政をまとめる行政長官として帝都から派遣されてきたと聞くけれど、私は会うのは初めてだ。

「息子に聞いて私も驚愕《きょうがく》しましたよ。神聖なる『成人の儀』のつがいの組み合わせを、自分たちの欲望に任せて書き換えたと。いやあ、まさかとは思いましたがね、この地の大公だったからと、この一派は元々とても反抗的でして。私の書類管理は完璧《かんぺき》だったのですが」

汗を拭《ふ》きながら早口に並べ立てるノイマン行政官の隣、年の割に精悍《せいかん》な体つきのウェーバー行政長官は深く椅子《いす》に腰をかけて、黙ってその話を聞いている。

行政長官が黙して聞くのみなことに気をよくしたのか、ノイマン行政官は更に鼻をふくらませて続けた。

「私の息子の気が優しいのをいいことに、この者たちは幼い頃《ころ》から好き放題！　何もしていない息子にいきなり因縁をつけたり、男子生徒複数で帝国派の女子生徒に絡んだり！　今回もその調子で息子につがいの書類書き換えを強制したわけです」

　あまりにも保身に走ったノイマン行政官への嫌悪感と、ほぼ何の策も講じないままこの場に来てしまったことへの不安で、私は両膝《ひざ》にそろえた手をぎゅっと握りしめた。

「なるほど、それは不可解だね」

　頷《うなず》いて、ウェーバー行政長官が口を開いた。

「そうなんです、この者たちには厳しい処分を……不可解？」

　ノイマン行政官の動きが止まる。

「何もしていないのに因縁をつける、一人の女子生徒に複数で絡む。それをしていたのが彼らだとは、私が先ほどもらった資料に書いてあることと、全くもって逆の話だ。どういうことだろう、是非聞いてみたい」

　組んでいた足をゆっくりとほどき、隣にさっきから積んであった革の表紙の分厚い本を開きながら、長官は目を上げた。

「コルネリア、話してくれるかい」

「えぇ、エッカルト叔父《おじ》様、私たちもとても戸惑っているの」

　コルネリア様は美しい眉《まゆ》を顰《ひそ》め、頬《ほお》に片手を添えると、可憐《かれん》に首を傾けた。

「久しぶりにお会いした叔父様に、私たちの学生生活を知ってほしくて、私が、ずっと書き溜《た》めてきたその日記をお見せしたでしょう？　私にとっては、その記録がすべてよ。詳細に記しているつもり。私たちの認識では、因縁をつけるのも女子生徒に絡むのも、ディルク・ノイマンさんたちの方だったのだけれど……」

「ちょっと待ってください!!」

ノイマン行政官が叫んだ。

彼と気が合うことがあるなんて思わなかったけれど、私も、そして多分アデルも、同じ気持ちでいっぱいだった。

「あ、あなたたちはどういったご関係なのですか!!」

「おや、知らなかったのか。まあ私も兄も、あまり声高に言い触れ回ってはいないからね」

ウェーバー行政長官は面白そうに両眉を上げる。

「私は婿養子でね。結婚する前の名前は、エッカルト・アリータ。アリータ公国最後の大公である、このコルネリアの父親の……出来の悪い、末の弟なのだよ」

目を白黒とさせるノイマン行政官をちらと見て、ウェーバー行政長官は椅子から立ち上がった。

「三男なんて、公国に残ってもすることはないからね。若い頃酔狂にも帝国に遊学し、そのまま根付いてしまった。まさか今になって、この地域に派遣されるとは思っていなかったが」

そんなことより叔父様、とコルネリア様が立ち上がり、机の上に置いてある書類の束を手に取った。

「こちら、叔父様に持ってきていただいた、ここ数年の帝国から決定されたつがいの組み合わせなのだけれど、とてもおかしいの。いくつか私たちが認識しているのと違うものがある。一年にほんの二組ほどで、目立たないのだけれど」

ここ五年間くらいの間のことだわ、とコルネリア様は資料をウェーバー行政長官に渡す。

「帝国派の、比較的裕福な方々ばかり。そしてとても不思議なのよ？　その直後、ディルク・ノイマンさんは、長期のお休みを取ってお友達と外遊に出かけたり……そうね、この年は、素敵な白い馬を購入されていたわ。乗りこなせなくてすぐに手放したみたいだけれど」

目を剥《む》いたノイマン行政官の顔が、だんだんと青く染まっていく。

「なるほど」

ウェーバー行政長官は、軽く首を振って資料をめくった。

「これについては一度、君のご子息に話を聞いてみないといけないね。ところで、私はもう一つ気になっていることがあるんだが」

さっきの、コルネリア様の分厚い日記帳の束をトントンと叩《たた》く。

「彼女の日記には、そこにいる二人……ユリウス・ハーンくんとアデル・ベルガーくんの、騎士コースでの輝かしい功績の数々が克明に記されているのだけれど、どうも解せないんだよ。私が君から正式な書類として提出してもらって把握しているものと、乖離《かいり》があるように思うんだ」

今度こそ明確に、ノイマン行政官の顔が蒼白《そうはく》になった。

「最終学期の馬上槍《やり》試合における歴代記録の塗り替え。昨年、宰相がこの地に立ち寄った際の式典警邏《けいら》の実績。これらはすべて、君からの報告では君のご子息の功績となっているね。おかしいな……この日記を見る限りでは、ここにいる二人のものであるはずなのに」

ノイマン行政官は口を開く。だけど言葉が発せられることはない。喉元《のどもと》が震えている。

「私は確かにこの地の出身だから、いや、だからこそ、旧アリータ公国に特別な手心を与えようとは思わない。しかし」

穏やかな微笑《ほほえ》みをコルネリア様に向けて、それからノイマン行政官を冷たく見やった。

「ずっと不正が行われていたとしたら、行政長官としてきちんと正さねばならないね」

「そ、それは長官……」

絞り出したノイマンの声を遮って、ウェーバー行政長官は不敵に笑った。

「それで？　私の可愛《かわい》い姪《めい》の、つがいの相手が、なんだって？」


結局コルネリア様の提案で、私たちのつがいの相手は元のまま……私たちが、最初に告げられた通りのままでいくことになった。これ以上騒ぎを広めたくはないでしょうという言葉に、ノイマン行政官はうなだれたままだった。

しかし、ウェーバー行政長官は、ノイマン行政官による息子の成績捏造《ねつぞう》に対しては厳密に対処すると断言した。帝国は、人材を育成することにとても重きを置いている。行政官が不正を働いているという報告は前から本部に上がっていて、それを正すために彼は派遣されたのだという。ノイマン行政官の失脚は免れないだろう。

これから、私たちの後輩は公正に成績をつけてもらえるようになるといいなと思う。

ノイマン行政官が逃げるように、続いてウェーバー行政長官が、兄であるアリータ公に挨拶《あいさつ》をしに去っていき、部屋には、私たち四人だけが残された。

「――よかったんでしょうか。過去にもディルクによって本来のつがいではない相手と組まされた人が、いるのでしょう？　ちゃんと表沙汰《おもてざた》にして、裁かないといけなかったんじゃ」

ずっと気になっていたことをコルネリア様に聞いた。

「大丈夫よ、ティア。実は……つがいに不正が為《な》されているのではないかということは、叔父様に言われて私たち……お父様と一緒に、以前から少し調べたりしていて」

コルネリア様が、そっとユリウスと目を合わせた。

「組み合わせに手を入れられた可能性がある方とも、個別に会って話を聞いたりしていたの。幸せに暮らしている人もいれば、そうでない人もいたわ。もちろんそれは、本来のつがい同士でも同じことなのだけれど……。それでもみんな、子供がいたり、生活が進んでいたりして、今更ことを大きくしたくないという意見が大半だった。それでも、どうしてもつがいを解消したいという人には、叔父様が今後、うまく手を回して処理をしていくそうよ。表沙汰にはしないけれど、帝都に報告はされると思う」

帝国も、いち学生につがいが簡単に組み替えられていたなんて、大きなニュースにはしたくないでしょうし、とコルネリア様は続けた。

「そんな……」

なんだか力が抜けて、椅子に座り込んでしまう。

「コルネリア様たち、そんなことまで……調べて……私全然……気付かなかった……」

「でも、まさか私たちの組み合わせまで変えられていたなんて、ディルクがそこまで大胆で愚かだなんて思っていなかったのよ。だから私たちも、本当に驚いた。結果的に、それが彼らの致命傷になったわけだけれど」

コルネリア様が笑みを浮かべて言う。一瞬、部屋が静まり返った。

「ティア、アデル」

顔から笑みを消したコルネリア様が立ち上がり、私の座る椅子の方に歩み寄る。

私とその後ろに立つアデルを見て、それから、深く——頭を下げた。

「本当に……申し訳ありませんでした。謝って済むことではないけれど、叔父様のことと、今まで私たちが調べてきたことをとっさに隠したのは、完全に私の罪です。ごめんなさい。二人をあんなに苦しめて、本当に……ごめんなさい」

「どうして……どうして、ですか、コルネリア様。なんで、あんな、提案を……」

コルネリア様が、アリータ公国の最後の希望の花と謳《うた》われるコルネリア様が、私に頭を下げている。

そんなこと許されるはずがないのに、それを止めるだけの力が湧《わ》いてこない。

こんな明確な切り札を持っていながら、どうしてコルネリア様はあえて、つがいの組み合わせを変えようなんて提案をしたのだ。

「やっぱりコルネリア様、アデルのことが……」

「それは……」

コルネリア様が、ためらうように俯《うつむ》く。

「……それは、僕のせいだね、コルネリア」

扉の近くにもたれていたユリウス様が、一歩前に歩み出た。

「僕がティアのことを好きだから、だから君は、僕の想いを叶《かな》えさせようと思ってくれたんだね？」

ユリウス様が何を言っているのか、とっさに理解できなかった。

「……は？　な、なんですって……!?」

声がひっくり返ってしまう。

ユリウス様が？　私のことを??

「僕にとって、ティアはずっと憧《あこが》れだったからね。騎士コースの仲間やコルネリアには、昔からよくその話をしていたんだよ」

ユリウス様が優雅に微笑み、固まったままの私を見る。

「だけどティアは、ずっと僕のことを『様』付けで、全く男として意識していないことが分かっていたから、ああ、脈がないかなって思ってたんだけど」

「ユリウスおまえ……結局おまえがすべての元凶なんじゃねーか」

私の後ろに立っていたアデルが、堪《た》えかねたというように進み出ると、ユリウス様の襟元を血管が浮き出た右腕で掴《つか》む。

え、ちょ、待って……騎士コース首席を競う二人に取っ組み合いの喧嘩《けんか》でも始められたら、どうしたらいいの……。

「あ、でもアデルは、ティアも僕のことが好きだって思い込んでくれていたよね。それはちょっと嬉《うれ》しかったから、ずっと否定しなかったんだけれど……けほっ、アデル、苦しい……」

「そうなの。だからね、ディルクの話を聞いた時に、あ、もしかしてこれは、ユリウスが想いをとげる最後のチャンスなのかもしれないって。完全に魔が差したのね……」

コルネリア様はゆっくりと瞬きをした。

「私がアデルのことを好きだと言えば、ティアは引いてくれるって分かってた。私は本当に卑劣な手を使ったわ」

唇を引き結び、小さな声で続ける。

「私とユリウスは、きょうだいみたいなもので……実は、つがいになってからも、まだ……そういった関係に至っていなかったの」

少し言葉を切った、顔を上げたコルネリア様は、眉を寄せて笑みを浮かべる。

「……だから、ちょうどいいかしらって、とっさに思ってしまった。この流れに乗れば、ユリウスが幸せになれるわって。ティアの気持ちは知っていたのに。信じられないほど馬鹿《ばか》ね。本当にごめんなさい。取り返しのつかないことに、なるところだった」

私は、椅子から立ち上がって、睨《にら》みあう男子二人を押しのけるように進むと、コルネリア様の前に立った。

「違いますよね？」

「え……」

コルネリア様が、戸惑うように瞳《ひとみ》を揺らす。

「コルネリア様、そんなこと、望んでいなかったでしょう？　私とユリウス様がどうにかなればいいなんて、そんなこと、本心から望んではいなかったでしょう？」

私より背が高いコルネリア様を、少し背伸びをして見つめながら、ほっそりした腕を両手でそっと掴んだ。

昨晩どうかしていたのは、私の方だ。

コルネリア様がユリウス様とのつがいの解消を望むなんて、そんなことあるはずなかったのに。

私は知っている。ずっとずっと、コルネリア様を見守ってきたのだから。

コルネリア様が、ユリウス様の前だとどんなに無防備に無邪気でいられるのか。どんなに信頼して、視線で追って、優しく微笑まれ、そして……。

「ユリウス様と、つがいになって、すごく嬉しかったのでしょう?」

大きく見張ったコルネリア様の、世界で一番美しい湖のような青い瞳《め》が、にじんで揺れて……ふっくらと盛り上がるように、その表面から透明な涙が一筋、こぼれ落ちた。

「だって……だめなのよ。私じゃ、だめなの。国も滅んで、何の力もないはずなのに、いつまでも彼は、私の騎士として扱われて……それなのに、そのうえ唯一彼を解き放てるはずのつがいすら、私になってしまうなんて……ユリウスがかわいそう。私を抱けないのも、当たり前なのよ……」

ぽろぽろ、とコルネリア様の瞳から涙があふれる。

アデルが、掴んでいたユリウス様の襟元から手を放して、どんとその背中を乱暴に肘《ひじ》で押した。

ユリウス様が、コルネリア様の前に立つ。

「コルネリア……」

「ユリウス、ごめんなさい、私……ごめんなさい……」

「僕こそ、ごめん……君が、僕に愛想をつかしてつがいを解消したいと言い出したのかと思って……」

ユリウス様が、震えるコルネリア様の身体《からだ》をそっと抱きしめる。

私はアデルのマントの裾《すそ》をくいと引っ張った。音を立てないようにドアを開けると、廊下に出る。

「なんかもう、頭の中ぐっちゃぐちゃ……」

つぶやいて両手を頬に当てた。もう、いろんなことが起こりすぎて、頭は限界を超えた情報量で爆発しそうだ。

寝不足もあって、何が本当で何が夢なのか、という気持ちすらする。

「要は、すべてユリウスがうじうじフラフラしていたからだな。やっぱ後で絶対ぶん殴る」

収まらない様子でアデルがつぶやく。

「……アデルと」

その手に、そっと指先を触れて見上げた。

「アデルと……これからも、ずっとつがいでいられる、ってことでいいの……かな?」

恐るおそる言葉にする。現実を、手の中に手繰り寄せるように、慎重に。

「私たち、これからもつがい同士だって、安心して……いいんだよね? ……アデルが、私のこと……好き、って言ってくれたのも、夢じゃ、ないんだよね?」

言い終わらないうちに、アデルが私の後ろの壁に片手を突いて、唇をふさぐ。

「好きだ、ティアナ。もう絶対に何があっても手放さない……何度でも繰り返し伝えるぞ。今まで言いたくても言えなくて、すっげぇ我慢していたぶんを」

私の下唇を甘く噛《か》み、そのまま抱き上げる。

「えっ!? アデル!?」

「行くぞ。今すぐめちゃくちゃに……おまえが俺《おれ》の言葉を心底信じられるように、死ぬほど可愛がってやる」

「う、嘘《うそ》でしょ!!」

私、一睡もしていなくて、頭の中は情報でパンクしそうで、
いろいろもう、限界なのに……!!

「嘘じゃない。今俺がどれだけ嬉しいか分かるか。やっと、好きだと伝えながらおまえを抱ける。夢みたいだ。体中あますところなく愛してやる」

囁《ささや》いて、抱き上げた私にまた、深いキスをする。

私はくらくらしながらも、アデルの首に、ぎゅっとしがみついた。


「ばあや!! いーい？ 今度こそちゃんとカギをしめてね？ 私が乗ったらその後すぐよ？ はい!!」

叫んで、おばあさまがかつて外遊時に使っていたという、ひどく年代物の巨大なトランクの上に膝を突く。私の全体重を受けて軋《きし》んだ音を立てるトランクの留め金に、ばあやが枯れ枝のような指を

引っかけながら悲鳴を上げた。

「無理ですよお嬢様！　やはりあと十冊は本を抜かないと、これは絶対閉まりません!!」

「そんなの無理だわ、これでもすごく頑張って減らしたんだから!!」

「いいえばあやにお見せください。あと二十冊は減らしてさしあげます」

私とばあやがやりあっていると、部屋にお母様が入ってきた。両手にたくさんのドレスや古い装飾品なんかを抱えている。

「ねぇティア。やっぱりせめて、夏のドレスをあと三枚は持っていった方がいいと思うの」

「いいのよお母様もばあやも!!　私は、医学の勉強をしに行くんですからね!!」

あの夜会の日から、十日が過ぎていた。

一週間後、私はついに家を出て、この地方から汽車で丸一日北に上がったところにあるリュートック帝国大学の医学部に進学するのだ。

「ちょっと準備が間に合わないわ。ねぇ、やっぱり入学をあと少しだけ……そうね、たとえば一年くらい遅らせてもいいのではないかしら」

お父様ともお母様ともさんざん議論しつくした話題を、お母様はさりげなく蒸し返す。

「だめよ、そんなことをしたらもう一度試験を受けなきゃならなくなっちゃうもの」

「だって、ほら。あなたの素敵なつがいの方も、ねえ？」

「アデルなら、分かってくれているから」

その時玄関の呼び鈴が鳴り、応対に向かったばあやが、にこにこくねくねしながら戻ってくる。

「お嬢様、いらっしゃいましたよ、本当に毎日まいにち、若いっていいですねぇ……！」


アデルは毎日、私を馬に乗せて、公国のあちこちに連れていってくれる。

それはとても嬉しいのだけれど、進学準備は全く進まないわけで……。

でも、今日連れていってくれるのは、特別な場所。

絶対に絶対に行きたくて、楽しみにしていた場所なのだ。


風が気持ちいい。馬から降りると、思い切り伸びをした。

若草色の短い草原が青空の下に広がり、黄色い蒲公英《たんぽぽ》の花が点々と咲いている。

そしてその先、丘の中央に大きく枝を広げる立派な樟《くすのき》が風に揺れているのが見えた。

私たちは今、シャトロワの丘に上ってきているのだ。

エラのお姉様の教えてくれた、かつてアリータ公国の若者たちの間で語り継がれていた伝説。

『シャトロワの丘の樟に、満月の夜に金色のリボンを恋人同士が二人で結び付ければ……その二人は、永遠に結ばれる』

学院から東の方向へ馬を走らせて、隣町とのちょうど境にある綺麗《きれい》な丘の上を、樟に向かって私たちはゆっくりと歩いた。

「アデルはもう、出立の準備はできたの？」

アデルはユリウス様と一緒に、帝国内でも屈指の大都会、ハイルバンの帝国直轄《ちょっかつ》騎士団に入ることになっている。帝国学院の騎士コースでは最高の進路だ。

「出発は私の出発の翌日でしょう？　忙しいだろうから、見送りはいいからね」

そう言うと、まさに「驚愕」という顔でアデルは私を見た。

さっきお母様にはああ言ったけれど、彼は私たちが離ればなれになることを、全くもってほんの少したりとも、受け入れてくれてはいなかった……。

「大丈夫よ、夏休みには私もここに戻るわ。ほんの四か月くらいの間じゃない」

話しているうちに、ちょうど樟の下までたどり着いた。

立ち止まったアデルが私の腰をくっと掴み抱き寄せると、額に優しくキスをして、そこに自分のおでこをコツンと当てながら唇を尖《とが》らせた。

「長すぎる。四日だって長いのに、四か月とか絶対に無理だ」

「あっという間よ、アデル」

「……あーもう」

アデルは、私の頬から顎《あご》、首筋に唇を落とすとしぼりだすようにつぶやいた。

「どうしてできないんだよ、俺ら……」

あの夜会の日から、私たちは毎日……それも一日に何回も繋《つな》がっている。だけどまだ、私に妊娠の兆しは見えていないのだ。

「納得できない。あいつらにできて俺らにできないとか、本当に理不尽すぎる」

憎々し気につぶやく。

「あんた、あいつらってまさか」

「コルネリア様とユリウスだろ」

「コルネリア様たちのこと、あいつらとか言っちゃダメでしょ‼」

そう、あの二人は、あの夜会の翌日ついに正式に関係を持ったらしく（コルネリア様が恥ずかしそうに教えてくれた）、そしてつい先日、コルネリア様のお腹《なか》に命が宿ったことが判明したのだ。

「ユリウス様もコルネリア様も、近くにいすぎてよく分からなくなっていたのね。本当に大切なのはお互いだということに……」

うっとりとつぶやいてしまう。妊娠のことを知らせてくれた二人の寄り添う姿、幸せそうなコルネリア様の表情には、神々しさすら感じられた。

「ユリウス様は、素直になれない私たち三人のために、あえて悪役を演じてくれたんだわ」

「いやあいつがウジウジ決断を先延ばししてたのがすべての原因だろ」

アデルが憮然《ぶぜん》とした顔で言い切る。

「それにユリウスは本当にティアナのことをいやらしい目で見ていたぞ。ずっとな。おまえは知らなかっただろうが、騎士コースでは有名だった。あいつ、なにくれとなくおまえのことを、可愛いかわいい言ってたからな」

「そういうのじゃないってば。この間、ユリウス様も言っていたでしょう？」

夜会の数日後、私とアデルのところに改めて謝罪に来たユリウス様が話してくれたことを思い出す。

――僕はね、ティアナ。君に憧れていたんだ。あの頃……公国が滅んで、騎士団長の家系だった僕はもちろん、貴族の子息たち全員が、仕えるべき存在を失ってしまったように感じていた。騎士としてどうしていいのか、これから何を信じていけばいいのか分からなかった。そんな中、君だけは違ったんだ。

――君は公国が滅ぼうがアリータ家が力を失おうが、何も関係なかった。ただひたすらにコルネリアを愛し、守り、彼女のために駆け抜けていた。君こそが、アリータ公国の、最後の騎士だったんだと思う。僕は、そんな君に憧れていたんだね。


ニヤニヤし始めた私を見て、アデルが不満そうに、私の胸を服の上からふにゅりと触る。

「ひゃっ」

「おまえはいつもユリウスをうっとりした目で見てるし、ユリウスはおまえのことを可愛いって言ってるし、本当に……」

「妬《や》いてた？」

揶揄《からか》うように言うと、ふにゅふにゅと触るアデルの動きが一瞬止まって、ふざけんな！　と怒るかと思ったら。

「毎日妬いてた」

素直に言うものだから、胸がきゅう、としてしまう。

それを隠すために明るく笑って、ポケットを探った。

「ね、アデル。せっかくだからちゃんと予定通り金色のリボンを結んでおこう？　あ、でもまだ明るいから、月が出るまで待たなくちゃ」

今日のために用意をしておいたリボンを取り出す。

「ああ、願いごと……っていうかずっと一緒にいられるって伝説だっけ？　まあいいけどさ」

特に信じてはいないのだろうけれど、アデルは私を見て頷いてくれる。

大きな樟の枝の上を見上げた時、

「あ……」

思わず声が漏れてしまった。

私の様子を見て同じように見上げたアデルも、ちょっと目を丸くする。

大きく広がる樟の、無数の枝の一つひとつに、たくさんの金色のリボンが鈴なりに結び付けられていたのだ。

葉の隙間《すきま》から漏れ入る太陽の光を受けて、キラキラと光りながら揺れる無数のリボンたち。

古いものも比較的新しいものも、まるでそれぞれの祈りの使命を帯びているかのように誇らしげに輝いている。

「おまえと同じようなこと考えた奴《やつ》らが、昔からたくさんいたんだな」

優しく私の髪を撫《な》でながら、アデルがつぶやいた。

ここにこのリボンが揺れていることは、生い茂った葉っぱに隠されて、木を外側から見るだけでは分からない。

まるで、そっと隠れているかのように。

十二年間、帝国の支配の目を盗んで。たくさんのアリータ公国の恋人たちの想いを、この樟は、ここで密かに守ってきたのだ。

そう思ったら、なんだか涙が出てきそうになった。


ずっとずっと、自由に恋愛をできた人たちをうらやましいと思っていた。

「つがい制度」なんてなかったら、私たちは自由に気持ちを告げることができたのに、と。

だけど、違ったのかもしれない。

自由に恋愛できる時代の人たちも、きっと苦しかったのかもしれない。

自分の思う通りに動くというのはとても勇気がいることだ。

私が、「つがい制度」のせいにして、いろいろなことを諦《あきら》めてしまっていたように。

自由に恋愛ができる時代の人たちも、私たちと何も変わらなくて、想いを伝えるには果てしない勇気が必要で。だからみんな、ここにリボンを結びに来たのではないかしら。

公国時代も帝国時代も、なにも変わらずに。


「アデル、大好きよ」

私は、たまらなくなってアデルを見上げた。

「大好きなの、アデル。私、アデルと一緒に今ここにいられて、本当に幸せだわ」

アデルは私を引き寄せて優しくキスをして、ふぅ、とため息をつく。

「もう限界だから、今すぐ屋敷に帰りたいんだけど」

余裕がない声色で言う。

「え、でも月が出てからじゃないとリボンを結べないから、もう少し待って……」

「無理待てない。貸せ、俺がすぐ結んでやるから」

私からリボンを奪うと、腕を伸ばして高い枝に器用に結び付けていく。

「大丈夫だ、まだ見えないけど、きっと低い位置にもう満月出てるから」

「えー、そんないい加減でいいの？　もっとロマンチックに……」

不満な気持ちで唇を尖らせると、リボンを結び終わったアデルは真顔で私を見る。

「これ以上待つなら、そこらへんで一度抱く」

「ばっ……」

「で、その後も移動の間、馬の上でずっと繋がっててていいなら待つ」

とんでもない提案に、その状況を想像して頭がボンッとなる。

「何言ってるのバカ……！　そんなの見たら、お母様たち気絶しちゃうわ！」

「服で隠して見えないようにするから」

グイグイと体を押し付けながら大真面目《まじめ》な顔で言う。

いろいろ明らかになって改めて分かったのは、アデルがすごく大胆だということ。元々人の目を気にしないタイプだったけれど、どんどん率直に気持ちをぶつけてくるようになった。そうやってグイグイ求めてくれるのはすごく嬉しいんだけれど、でも、時々びっくりするようなことを言い出すものだから……。

「バカ！　もう……ケダモノ！　嫌い……」

「そうなの？　俺はティアのことめちゃくちゃ好き」

すかさず返してくる。甘くついばむようにキスをした。

「この樟が願いごとを叶えるって、あの時おまえ言っただろ？　俺、ティアナが叶えたい願いごとって何だろうって思ってさ。ユリウスのつがいになりたいとかそういうのだったら耐えられないなって思ってた。俺はいつでも、おまえのことになると、バカみたいに不安になって、カラ回るんだ」

「そんなの、私も一緒だよ。……それに、私のお願いは、今までもこれからも、アデルと一緒にいたいって、ずっとずっと、それだけだよ？」

私が返すと、アデルは「あ――」と上を向いて、

「めちゃくちゃに抱きたくて仕方ない。ほら行くぞティアナ。樟も任せとけってさ」

そう言うと、私を軽々と抱き上げて、馬の方に連れていく。

遠ざかる樟を見ながら、樟さんごめんなさい！　と、罰当たりな行動を必死で謝罪した。

馬に乗せた私の後ろにひらりと跨《また》ると、振り向かせてまた、アデルは甘やかなキスをした（ここで繋がろうとはしないでくれて少しほっとした）。

一緒にいる時、アデルはほとんど絶え間なく私にキスをする。

こんなにアデルが甘えん坊で、なんだかんだ可愛いひとだっただなんて、私はちっとも知らなかっ

た。

これからまた、アデルの屋敷の離れで、限界まで抱かれるのだ。

私、本当に出発の準備、終わるのかしら……今頃絶対、ばあやが本をトランクから抜き取ってるし……。

でもアデル、私だって離ればなれは寂しいけれど、先々どんな時も一緒にいるためにも、私は進学しないといけないの。

アデルの胸の鼓動を聴きながら、シャトロワの丘を駆け降りる時、東の空に丸い月が浮かんでいるのが見えた。


ベルガー家の屋敷の自室に入ると、アデルは私を抱きしめる。

「ティアナ、好きだ。愛してる」

耳元で囁きながら耳たぶを舐《な》めて、自分の服のボタンを乱暴に外していく。

寝室の方へと絡まるように移動しながらそれを同時にやってのけ、ベッドの上に私を膝立ちにさせると、自分もベッドに片膝を突いて、私の服を剥《は》がしていく。

現れた肌に、見えるところから順にアデルが唇を寄せる。

「好きだ、ティアナ。すごく好きだ」

恥ずかしさとくすぐったさで、思わず笑ってしまう。

「もう、好きって言いすぎだよ」

「だって、何度言っても足りない」

熱っぽい目で私を見上げて、少しかすれた声で言う。

「今までずっと、こういうことをしている間も、それだけは言っちゃだめだと思ってた。言ったら終わると、必死で我慢していたんだからな」

本当は最初の時からずっと言いたかったんだ、とつぶやいて、あらわになった私の胸の先のふくらみを舌先でちろちろとなぞり、ちゅくん、と吸い上げる。

「ひゃっ……ぁんっ……」

ぞくぞくが込み上げて、体をよじるように甘い声を出してしまう。

私の身体は、アデルが唇を寄せていない場所はもうないんじゃないかっていうくらいにこの数日間で愛されつくされて、ものすごく敏感になってしまっている。

「可愛い声……もっと、聴かせろ」

胸の先を吸いながら、器用にどんどん脱がしていき、私を全裸にさせてしまう。

そして、膝立ちになったままの足の間。ほころぶそこを指先で、ちゅくちゅくとくすぐるように弄《いじ》った。

太ももが震え出した私を見て、アデルはベッドサイドの床に膝を突くと、

「じっとしてろ」

そのまま、私の太ももに両手を当てて、足の間の熱い場所に、下からすくい上げるように口づけた。

くっちょりと下から上へと舐め上げられるとぞくぞくしたものが込み上げて、私は口に手を当てて

上を向いてしまう。

アデルの熱い舌が、優しく私の中に分け入って、丁寧に丁寧にそこをなぞる。

「ふ、ゃ、ぁんっ……」

何回されても恥ずかしくてたまらない。この角度だと、アデルが上目に見上げてくるのと目が合って、そうするともっともっと……奥から溶けてあふれてきちゃう。

「ほらもう、とろとろ」

揶揄うように言って、見上げてくる。

「だって、そんなの……気持ちよくて、溶けちゃうよ……」

アデルはちゅぽ、と音を立てて口を離して立ち上がると、恥ずかしい蜜《みつ》で濡《ぬ》れた唇を、端からゆっくりと煽《あお》るように舐めた。

「おまえさ、本当にそういうこと言うから……」

震える腰がぐっと引き寄せられて、アデルの膝の上に向き合うように座らせられてしまう。

ちゅぐ、と、アデルの剥き出しになった硬いものが、とろけきった入り口に触れた。

そのまま焦《じ》らすように腰を前後に揺らして、ちゅる、ちゅ、と、とろけた私の入り口が、アデルのものと絡みつくように擦《こす》れあって。

「ひゃっ……ぁんっ……!!」

「く、気持ちい」

ニヤリとして私を見ると声を奪うようにキスをして、そしてアデル自身が、ぐぐ、と入ってくる。

向き合った姿勢のまま一度奥の奥まで届いて、それからアデルは軽々と、抱きしめた私の身体を上下に揺らすように腰を突き上げてくる。

「ひゃっ……んっ……アデル、あ、んっ……」

必死でアデルの首にしがみついた。

「はっ……締め付け、すぎ……」

アデルは、私の右耳に手を添えると、キスをした。

「もっとだ。もっと、俺にしがみつけ。俺を求めろ……」

——公国がなくなり、仕えるべき相手を見失ったのは、ユリウスだけじゃない。

あの後、アデルはぽつりぽつりと話してくれた。

——俺はユリウスほど思いつめないが、むしろ無気力になって、どうだっていい、と思っていた。おまえが必死でコルネリア様を守ってるのも、呆《あき》れて見てた。よくやるなアイツって。でもちょろちょろ走り回るおまえを見るのは楽しかったな。話しかけたら喧嘩になるのは不思議だったけど、結構楽しかった。

——でも、十一の時。おまえが帝国派とやりあってるって聞いたあの時、血が逆流するほど腹が立った。ディルクたちにじゃない。自分にだ。俺がしっかりしていないから、おまえを危険な目に遭わせている。そう思ったらもう、先生たちが止めるのも聞かずに駆けだしていて……。結局、俺がおまえを川に落とすという大失態だったけどな。

——あの日から俺は決めたんだ。ティアナがコルネリア様を、アリータ公国の誇りを守ろうというのなら、俺が代わりに守るって。俺が、おまえに恥ずかしくないような、立派な騎士になってみせるって。そうしたら、おまえを危険なことから守れるんじゃないか、って。今思うと、コルネリア様を通して、おまえを守っているような気でいたんだろうな、俺は。

——おまえは覚えていないだろうが、俺、あの時お見舞いに行ったんだぜ。おまえ、枕元《まくら》にいる俺に、寝ぼけてユリウス様？　とか言うから、俺すげぇ傷ついたんだけど——。

「ひゃんっ……!!」

私の中をえぐる熱いものが、更にぐい!!　と強く押し上げてきて、おへその裏のあたりを削った。

そ、そこ弱いって……知ってるくせに……。

「何考えてんだ」

アデルが私を見上げて拗《す》ねたように言う。

「な、んでも……あんっ……」

「余裕だな……んっ……」

繋がったままの私の身体を横たえると、すごい勢いで突き上げてくる。

奥に当たりそう。体が震えて、部屋中にくちゅくちゅと音が響く。

「あ、んっ……ふぁ、アデル……!!」

「一度、出すぞ……んっ……くっ……」

スピードが上がり、肌を打ち付けあう音が響いて……アデルが、私の中に精を放出した。

はぁ、はぁ、と息を整えながら私を抱きしめる。

私の中で、アデルの硬さは全く衰えない。そのままキスをして、またゆっくりと、動き出す。

「ティアナ……俺、まだ何度だっていける」

アデルの顔を見上げていると、胸の奥から込み上げる思いが不意に口からこぼれていた。

「アデル……夜会のあと……私を迎えに、出てきてくれて、ありがとう、ね？」

驚いた顔をして、アデルは息を整えながら、私の頬を優しく撫でてくれる。

「なんだよいきなり……。当たり前だろ。あの時身を退《ひ》いたことを、俺がどんなに後悔したか。おまえとユリウスが何をしているか考えた時に、頭がおかしくなりそうだった。なんで手を放したんだ、って思ったよ」

両手の指をからめるようにしてキスをする。

「嬉しかったの。アデルの姿が見えて、夢みたいって思った。今でも時々、夢じゃないかなって、思うよ？」

アデルはふっと目を細める。

「そんな可愛いこと今言うか？　現実だって何度でも教えてやる。これから、ずっと一緒なんだからな」

軽く胸の先を弾《はじ》いて、腰を再び動かし始めた。

「うん……私……大学卒業したら、あ、んっ……軍医、になるから、そうしたら、一緒に戦場にも……行けるし……」

突き上げられながら切れぎれに伝えると、アデルの動きが止まった。

「……は?」

「だから、私……医学部出たら、軍のお医者さんになるからね? そしたら、アデルとまた一緒にいられる……」

帝国の勢力は更に拡大し、東の大国へと侵攻を進めている。

エリート騎士団に所属するアデルも、じきに前線に指揮官として出ることになるかもしれない。そうしたら、私は。

「私も、一緒に、前線に出られるようにって思って、進路、考えた、から……私、どんな戦場にも一緒について、いくよ? だから、ずっと一緒にいられるから……」

褒めてもらえる、て思って、ふにゃりと笑って見上げた私を、目を見開いてアデルは見て。

はぁ――、と、長い長いため息をつき、私の胸に顔を埋めた。

「ど、どうしたの? アデル?」

戸惑う私に、顔を上げたアデルは呆れたような怒ったような……やっぱり呆れたような顔をして。

「ぜっっっったいに、今日孕《はら》ませる」

つぶやいて、私の両脚を左右の腕でぐっと抱えると、背を反らせるように激しく突き上げ始めた。

身体がアーチ状に反って、貫かれた場所が熱を帯びる。ぷちゅぷちゅと蜜があふれる。

繋がったところ、私のとても敏感な突起を、アデルの指がぷる、と剥き出して、優しくくすぐった。

「あっ……んっ……ぁんっ……や、ま、待って……！　し、死んじゃう……！」

「死ぬまで一緒だろ」

「そ、ゆ、ことじゃ……な、くて……んんっ……!!」

アデルがくっと唇を噛む。突き上げる速度が更に上がって、私はシーツを必死で握りしめた。

「出すぞ……いいか、おまえを危険な目には……俺が絶対に遭わせない……っ……」


そうして私は、本当に信じられないことに——この日、アデルの子供を宿したのだった。

本当に樟様の伝説には力があったのかもしれない。それともアデルの執念の勝利なのかもしれない。どちらにしてもすごいことだ。

それを知った時のアデルは、しばらく黙り込んでから、「ティアナすげぇ」とつぶやいて、私を抱き上げてくるりと回したあと、ハッとしてものすごく心配して謝ってお腹を優しく撫でて、それから、口元に手を当てて、少し泣いた。

アデルが泣くのを初めて見た私は驚いて、笑って、それから彼を抱きしめて一緒に泣いた。


その後のことを、少しだけ。

私は、大学進学を遅らせて出産をした。

その間、アデルはハイルバン（本来なら馬で丸二日かかる距離）から、ほとんど二週間に一度は帰ってきた。そして一年半後、私が子供を抱えてリュートック帝国大学へと進学を果たす時には、リュートックの騎士団へと転属してきて（アデルの執念）、私たちは一緒に暮らすようになった。

コルネリア様は双子の男の子を出産して、アリータ家はとても賑《にぎ》やかになっているらしい。時々学院で教壇に立って、帝国の中で誇りを持って生きていくことのお話をされているそうだ。

いいな、そのお話、私もお聞きしたい。

アリータ地方からは、毎年どんどん優秀な人材が育っているともっぱらの噂《うわさ》だ。


私たちの娘は二歳になった。

アデルそっくりのへーゼルの瞳で、ちょっとおませなことを言うようになり、すごく愛《いと》おしい。

どう見てもアデルに似てるのだけど、アデルは「ティアナの天使なところを全部受け継いだ」なんて真顔でみんなに紹介するから困ってしまう。

「あと十六年で、絶対につがい制度をなくす」

それがアデルの口癖だ。

帝国の支配は大陸を覆いつくそうとしている。

「これ以上多くの国や民族を統一していくためには、力による統制だけでは限界がくるだろう」

先日アデルとユリウス様に会いに来たウェーバー行政長官が、そう話していたらしい。

来年の春には、私たちは帝都に移る。アデルが帝都の騎士団に転属するのが決まったからだ。彼はそこで、本気で上を目指すと言っている。

『つがい世代』が中枢で権力を持つ世代になり始めたんだけれど、やはり彼らの多くが『成人の儀』に不満を持っているらしい。帝国が大きくなりすぎて、ディルクのように不正を働こうとする者に目も届かなくなる。不満を持つ優秀な者が更に多く、もっと上に行けば、制度を変えることができるかもしれない」

この間、遊びに来たユリウス様がそう話してくれた。ユリウス様も、近いうちに帝都の騎士団に移るらしい。

ならば医学的な観点から二人の援護射撃ができないかな、なんて密かに思っている私は、帝都でも研究を続けていこうと思う。

(ちなみにユリウス様は、つがい制度がなくなったらうちの息子のどっちかと二人の姫を結婚させようね！　と言い出してアデルが怒っていた)


だけど。

寝かしつけながら寝落ちしたアデルと娘にブランケットをかけながらそんなことを考えて、ちょっと笑ってしまう。

私が、実は「つがい制度」にすごく感謝をしているって知ったら、アデルは怒るかな?

……ううん。まぁそうだな、て納得すると思う。あと、ディルクにも感謝だよね、なんて今となれば思うんだけれど、さすがにそれは認めないかな？

「つがい制度」があってもなくなっても。

あなたはちゃんと、目の前の好きな人に、好きって言えるその時間を、大切にしていこうね。

いつか、あのとんでもなく目まぐるしかった私たちの一か月間のことを、あなたにも話してあげる。

そう、娘の頭を撫でながら思う。

そして私は、そっくりな顔で眠る父娘にキスをした。

今も、これからも永遠に愛するあなたたちに。

side.アデル　第一章「神に祈ること」

ティアナ。

どうしたら、こっちを向いて……あんな笑顔を、見せてくれる？

その書類を、俺《おれ》は三度確認した。

十八歳の春、ついに配布された封蝋《ふうろう》で閉じられたその書類を、部屋のあちこちで、生徒たちが緊張の面持《おもも》ちで開いている。

一度目は、幻覚ではないのか、と思った。

二度目は、落ち着こう、と思った。

三度目、俺は、右手をゆっくりと腰元に下ろし、何度も何度も小さく握りしめた。

「成人の儀」のつがい相手が記された、その書類。

そこには、俺がずっとずっと、奇跡を信じて祈り続けた名前が書かれていたのだ。

俺、アデル・ベルガーにとって、神に祈ることは十一歳の頃《ころ》から一つだけだった。

それ以外の、自分の力でどうにかなるものに対して祈ったことは、ただの一度もない。そんなことで神の奇跡を無駄に使われちゃ、たまらないと思っていた。

だからどんなに難しい試験も、厳しい選抜も。重要な考査の前日、訓練で大怪我《けが》をした時だって、俺は一度も祈ったりはせず、そのかわり死ぬ気で努力をしてきたつもりだ。

神に委《ゆだ》ねることはただ一つだけ。

――「成人の儀」で、ティアナ・クラインのつがいにさせてくれ。

俺は、神との賭《か》けに勝ったのだ。


「アデル、おまえのつがい、ティアナなんだって？」

儀式の前日。そわそわする気持ちを抑えつつ剣の演習を終えて片付けをしている俺のところに、同じ騎士コースのエルマーが近付いてきた。

「すげーなおまえら。喧嘩《けんか》しているうちに一晩終わっちゃうんじゃないか？」

「まぁな。そもそもあんなガキみたいな女でちゃんと勃《た》つのかって話だしな」

エルマーは、おまえひでーなとゲラゲラ笑って、でもユリウスはうらやましいって言ってたぞ、と俺を肘《ひじ》でつつく。

「――コルネリア様とつがいになった奴《やつ》に言われてもな」

内心のムカつきを隠しながら言うと、エルマーはそうだよなー、と呑気《のんき》に頷《うなず》いて、

「でもまぁ、ユリウスのティアナ贔屓《びいき》は本物だしな。うまくいかないもんだよなー、やっぱりこのつがい制度っていうのはさ」

と、独《ひと》り言のように言う。俺は少し、気分が沈んだ。

ユリウスが自分のことをずっと好きで、自分とつがいになりたがっていたなんてことを知ったら、ティアナはどんな顔をするだろう。

残念なことに、現実ではティアナのつがいは俺なのだ。そして悪いけど、ユリウスの気持ちは絶対に彼女の耳に入れさせるつもりはない。

俺が、ティアナを手に入れるのは——心は無理でも、体だけでもこの手に収めるには、情けないことに、もうこの制度に賭けるしかないのだから。


成人の儀当日。

俺は、自分でもちょっと引くくらいかなり早い時間から、指定された個室に入ってしまった。

窓際のソファに、扉の方を向いて座る。

壁際に存在感を放つベッド。見ないようにしても意識してしまう。そうすると、もうすでに俺の血は、身体《からだ》の一部へと集まっていく。

おい、俺、落ち着けよ。いくら何でもこの段階から硬くさせていたらおかしいだろう。俺たちは、犬猿の仲なんだから。

本当は、十日間くらい禁欲して、すべてをこの日にぶつけたい気持ちでいた。だって俺は、七年間もこの日を待ち続けていたのだ。

でも、そんなことをしたら、ティアナの裸（を考えただけでもうだめだ）を見た瞬間に俺は我を忘れるだろう。獣《ケダモノ》と化すだろう。そんなのはダメだ。ティアナは訳が分からなくて、怖い思いをするに違いない。それだけは、絶対にダメだ。

だから俺は、昨夜せっせと自己処理をして、それも何度もして（ティアナとの今日のことを考えたら余裕だった）軽く賢者モードで今日を迎えたはずだったのだけれど。

「あ――」

落ち着かない。すっげぇ胸がドキドキしている。本当にティアナが来るんだろうか。何かの間違いじゃないだろうか。そんな都合のいいことがあるのだろうか。

子供の頃から気になって、ついつい喧嘩ばかりふっかけてしまった。

十一の時に気持ちを自覚してからも、関係を変えることはできなかった。

笑顔が見たくてちょっかいを出し、怒らせては意地を張り、無視するよりは怒った顔でもこっちを向いてほしくて、更に嫌な言い方を重ねてしてしまった。

負の連鎖、というやつだ。気付けば学年中が認める「仲の悪い二人」になってしまっていた。

帝国が俺たちから祖国を奪って十二年。アリータ公国への忠誠が強い方ではない自覚はあるが、帝国を祖国だと思ったことも一度もない。

だけど、今だけは。

ごめん、旧アリータ公国のみんな。今日をつらい気持ちで迎えた同級生のみんなに申し訳ないなと思う。

今だけは、俺はすごく……帝国に、感謝をしている。

だって、そのおかげで今日俺は……。

不意にドアがノックもなく開いた。

ちょっ……。

焦りつつも、俺は当初から予定していた通りに窓の方を見ているふりをする。

部屋に入ってきたのは、ちゃんと——ティアナ・クライン。

足元から、ぞくっと震えがくる。すごく格上の、騎士団に所属する先輩と真剣で手合わせをした時の感覚を思い出した。

身長はそう高くない。普通だ。濃い栗色《くり》の髪はふわっと背中に揺れ、控えめなベージュのリボンでサイドを後ろに結んでいる。

おでこが白くつるんとして、十八という年齢より幼く見えがちだけれど、くりっとした瞳《ひとみ》には賢さと意志がたたえられて、まっすぐ俺を見つめてくるのだ。

俺とつがいになったあいつが、目が合って最初にすることは分かっている。

俺は、ティアナと呼吸を合わせるように、なが——く、ため息をついた。

そうして、こう言うのだ。

「何でおまえが俺の相手なんだよ……」

「俺、絶対おまえじゃ勃たないと思う」

昨日想像だけで四回抜いたどの口が言うのか。

「全然ときめかない」と言い切られた時は、ちょっとグサッときたから笑うしかなかった。

でも。

「嫌なのはお互い様なの。人生にはそういう、乗り越えないといけないことがあるの。分かった？」

噛《か》んで含めるように、姉が弟に言いきかせるようにそう告げられた時は、結構本気で傷ついた。

だって、それがティアナの本心だろ？

いや上等だ、せいぜい心を殺せばいい。

今日この日に懸けてきた俺の本気を舐《な》めんな。

俺はソファから立ち上がった。


昨日四回、今朝二回。

そんなに一気に処理をしたのなんて、いろいろピークだった十五歳の時以来だ。

なのに俺は、下着姿でベッドの端に座るティアナを見ただけで、もう正直、あ、これは無理かも、と思った。

白くて細い肩が少し震えている。薄い、真珠みたいな光沢のある下着は少し透けていて、柔らかそうな胸のアウトラインに添っている。

恥ずかしそうにベッドの片隅に座り、キュッと目をつぶって震えるティアナは、本当に本当に……誘ってるとしか思えないくらいに魅惑的で、俺は何も考えずに手を伸ばし、肩、首筋、髪をかき上げて……唇を近付けて。

そこで、ハッとした。

「いや……キスをするのはちょっと違うな」

違うというか、駄目だな。気持ちとしては、その可愛《かわい》い唇にめちゃくちゃに自分のそれを押し付けたい衝動がものすごい。だけどここでキスをしたりしたら、俺は絶対に自分の気持ちが抑えられなくなるだろう。むさぼるように、ティアナを食い尽くしてしまうだろう。

ティアナは俺の行動をいぶかしんで、怖がるかもしれない。

だめだ。今でさえ、俺はぎりぎりで自分の激情を抑え込んで「渋々」のふりをしていて、それでもかなり限界なのに。

「そ、そうだよ、やめてよあんたとキスとか……そういうのは、好きな相手じゃなきゃだめなんだから！」

はいはい、ユリウス、だろ。

そんなことをティアナが、下着越しに体のラインを透けさせながら言うもんだから、

「でも、おまえ……意外と胸あるんだな」

なんて、思わず言ってしまう。ああ、俺はどうしてこうガキなんだ。

でもこの流れで、聞きたくて仕方がなかったことを、さりげなく聞くことができた。

「おまえもしかして、全く初めて？　見られるのも、触られるのも」

鼓動が速まる。いや、初めてだよな？　絶対に。だって、いくら何でも伯爵令嬢だぞ？

「当たり前でしょ!?　ていうかあんたは……」

「俺はまぁ、そこそこ普通に」

適当に答えながら、心の中では何度も歓喜のこぶしを突き上げて、ベッドから飛び降りて膝《ひざ》を突き、天に向かって感謝を叫びたい気持ちを必死で抑え込んでいた。

いや、別に何かの間違いでティアナに経験があったとして（相手の男は許せる気がしないが）それで俺の彼女への気持ちが変わるわけじゃない。だけど、でもやっぱり、俺がティアナの初めての相手だとか、もう、たまらなく嬉しいじゃないか。今日まで生きてきて本当によかった。

それでまあ、予定通りに俺は、自分は経験が豊富なことをアピールする。その方がきっと、ティアナも安心するだろ？

本当は、先輩に連れてってもらった店で、前に一度経験しただけなんだけど。

だけどその時、ティアナはとんでもないことを言った。

「コルネリア様が好きなくせによくそんなとこ行けるわね」

なんだよそれ。

「なんだよじゃないでしょ。もしかしたらコルネリア様のつがいになれるんじゃないかって、期待して頑張ってきたんでしょ」

やっぱりか。やっぱり、こんな夜にそれを言うくらい、おまえは本気でそう思っているんだな。

ティアナの代わりにコルネリア様を守ろうと決めてから、俺は極力コルネリア様の姿を目で追うようにしていた。何かあったらティアナより先に駆けつけて彼女を助けられるように。

十五歳の頃、ティアナがぽつんと「アデルがいたら、コルネリア様も安心ね」とつぶやいたことがあった。俺は有頂天になったのだが……あれ以来、ティアナは俺と一層距離を取るようになってしまった気がする。

騎士としての俺を認めてくれたのだと思っていたが……そうか、薄々気付いていたけれど、やはりそういう風に思っていたのか。馬鹿《ばか》だな。いや、そう思わせた俺が馬鹿なんだな。

俺は口の端を少し上げた。やや自暴自棄《じぼうじき》だった。

「おまえだって……ユリウスだろ。残念だったな」

ああもう、どうして俺たちはこうなるんだ。七年間、ずっと求め続けてきた夜なのに。

いや、くじけるな俺。こんなことで諦《あきら》めるな。投げ出すな。

卒業して別々の町に進学したら、いくらつがい同士だとしても、ティアナは二度と俺に会おうとはしないだろう。そうなったら、俺たちの繋《つな》がりなど簡単に途切れてしまうのだ。

だから絶対に、卒業までのひと月で、ティアナとの間に子供を成さなければいけない。

そのためなら、俺はどんなことだって利用する。

「そんなに嫌ならずっと目をつぶって、ユリウス相手だと思っていればいい」

そう言って、ティアナの胸元に唇を落とした。

ティアナの身体は、散々想像していたよりも更にずっと白くて、柔らかくて、綺麗《きれい》だった。

俺の指が触れるたびにぴくんぴくんと震えるのが、たまらなく愛《いと》おしい。剣を握って硬くなってしまった俺の指なんかには、こんな綺麗なものに触れる資格はない。俺はたまらなくなって、その身体に口づけた。

服の下に普段押し込められている胸のふくらみ。

想像を超えて豊かなそれは、ふるふると震えながら上を向き、頂上には、小さな小さな薄桃色の蕾《つぼみ》が載っている。

……たまらない。

夢中でその蕾を口に含んだ。口の中、微《かす》かに硬さを増すそこに舌を当てて、転がす。

「っ……ん……」

ティアナが喉《のど》の奥から、ひどく可愛くてせつない声をこぼした。

「エロい声」

なぜか敬語で返してくるティアナ。可愛い。すごくすごく、可愛い。

下着を脱がしていくと、誰《だれ》にも見られたことのないティアナの体があらわになる。

俺が初めて、世界中で俺だけが、今この美しい裸体を見て触れられるのだ。それだけでもう、俺は達してしまいそうだった。

感動で死んでしまいそうなのに、口では、昔はつるぺただったとか言ってしまう。

それに対してティアナは、蛙《かえる》の話とか返してくる。こんなたまらない裸さらして何の話だ。ていうか、あれは、おまえの机と間違えてコルネリア様の机に入れたんだよ、俺の宝物の蛙、おまえにあげたかったんだ……。

「いいか……ティアナ」

その時が近付いてくる。静かに言った。

「これから、俺はおまえの……もっと深いところを触って、少し痛いこともして……それで、ここに、俺の……子種を、注ぎ込まないといけない。それが、この帝国で生きていく俺たちの、覚悟だ」

ティアナ。おまえは俺を憎むかもしれない。

おまえの大切なものを、大嫌いな俺が奪うのだから。

そして、その幸運を心から喜びながら、決してその想いを伝えない俺の狡《ずる》さを許さなくていい。

なにがなんでも、どんな汚い手を使ってでも、俺は、おまえとの細い繋がりを守りたい。

おまえを、せめて身体だけでも、俺のものにしたいんだ。

「どうしてもきつかったら、ユリウスって呼んでいいから」

自分で言って、少し泣きたくなった。


遂に押し入ったティアナの入り口は、最初すごく硬くて。

ああ、もっとちゃんと濡《ぬ》らしてやればよかった。ごめん。ごめんなティアナ。

でも俺はもう、止まらない。

おまえが悪いんだ。舐められるのは好き同士じゃなきゃ嫌だとか言うから。

そんなの、俺にはどうしようもないだろう。

——違うな、おまえは悪くない。ごめんなティアナ。俺のことを許さなくていい。

唇を噛んでぐっと押し入る。ティアナの中は温かく、じっとしていると、ゆるゆると俺の形に変わっていくようで、でも、きゅう、きゅきゅ、と締め付けてくる。すべてが愛《いと》おしい。おかしくなりそうだ。

ティアナの目に、涙が光る。

ごめん、ティアナ。俺でごめんな。

だけど。

「泣くぐらいだったら目、つぶってろ」

そのきつく閉じた瞼《まぶた》に、気付かれないように、触れないようにキスをした。

好きだ、ティアナ。俺はおまえのことが好きなんだ……。

俺は夢中でティアナを抱いた。それが俺たちの、初めての夜だった。


翌日。女子生徒たちは診察を受けていると聞いた。

どういう手段か分からないが、妊娠の可能性があるかどうかを測っているらしい。つくづくこの儀式が、女子にばかり負担を強《し》いる形になっていることが嫌になる。

もしも受精の兆候があれば、それはつがいの相手にも知らされることになっているらしい。

——俺のところには、特に報《しら》せは来なかった。

終始落ち着かないその日の終わり、ティアナと廊下で会った。

ティアナは、俺がいることにも気付いた様子はなく、ただユリウスのことをうっとりと見つめていた。瞳《め》を潤ませ、花のような唇に、ほんの少し笑みを浮かべながら。

一度でいい。あんな可愛い顔で俺のことを見て、「アデル」なんて言ってくれたら、俺はもう、それだけでなにもいらないのに。

だけど俺がしたことは、そんな幸せそうなティアナに水をかけるようなこと。

「ユリウスのこと見すぎ。そのうちバレるぞ」

意地悪く囁《ささや》いて立ち去りながら、一刻も早くまた彼女を抱きたいと思った。

抱いている時だけは、俺だけのティアナでいてくれる。


ティアナを初めて離れに呼び出した日、俺はひどく緊張していた。

まさか二回目があるとは思っていないだろう。俺との行為は、死ぬ気で終わらせた最初で最後の一回だけだと信じているはずだ。俺は、つがいとしての権力を振りかざすしかない。

それしか、彼女を繋ぎとめる術《すべ》を持っていないのだから。

自分の進路のこと、帝国のこと。果ては訴訟を起こせばいいとまで。ティアナはありとあらゆるアイディアを提示して、必死で俺との行為を避けているようだった。

そんなに嫌か。分かっていたが笑ってしまう。

「おまえの気持ちは関係なく、俺とおまえはつがい同士なんだ。俺には、おまえを抱く義務がある」

違う。本当は、おまえの気持ちが一番欲しい。だけどそんなことは決して言えないのだから。

そのかわり、今日は絶対にティアナをものすごく気持ちよくさせてやる、と俺は心に決めていた。

そのためにまずは……。

「手を突け。それならお互い顔が見えないだろ」

屈辱で顔を歪《ゆが》ませたティアナがこちらに背中を向ける。俺はスカートをたくし上げて、指で少し慣らすと、ティアナが状況に気付く前に、ぴっとりとじたそこを指先で開いて、唇をつけた。

「や、待って、なんで、駄目だって言ったのに」

案の定、ティアナが拒絶を口にする。

「柔らかくしねーと気持ちよくならないんだよ」

ゆっくりと下から舐めて、中に舌を差し込んで、きゅんきゅんと締め付ける可愛いその場所を、丹念に舌でほぐしていく。柔らかく、なるべく蜜《みつ》の量を増やしておくためだ。

でないと、ティアナ。おまえが気持ちよくなれないんだ。嫌だよな。俺にこんな大事なところ。でも、頼むから我慢してくれ。

俺は、とろけてふるふると柔らかな蜜をあふれさせるティアナのそこに、自身を押し当てた。

ぬぷりと入っていく瞬間、背中から脳天にまで駆け上がる快感に思わず息を吐き出す。

俺は、その日立て続けにティアナを抱いた。


それから二日後のことだ。

剣の実技が終わって気持ちよく校内に戻った俺の高揚した気分は、楽しそうに話しながら回廊を歩いているティアナとユリウスを見かけて、水をかけられたように落ち込んでしまう。

ティアナはいつも、自分よりかなり背の高いユリウスの顔を少しでも見たいというように、背伸びをするように一生懸命見上げて話をする。俺と話す時には、斜めに少しそらしたところをいつも見ているのとは大違いだ。

どんな大きな荷物も、ティアナはとりあえず自分で持ってみる。高いところにあるものも、まずは自分で取る方法を考える。持てる、届く、となったら決してむやみに他人の手を借りようとはしない。そういうところも、俺は好きなんだが。

でも時々、椅子《いす》の上にもう一つ台を重ねて上ろうとしている様子を見たりすると、どうして俺に頼まないのかと、同じ部屋に俺がいることは知っているはずなのにどうして頼んでくれないのかとイライラしてたまらなくなる。

だからといって、今までは俺の方から助けてやることもできなかった。いきなりそんなことをしたら気持ち悪がられるだろう。なにか企《たくら》んでいると思われるかもしれない。

そういう時、俺がイライラしているうちにいつもユリウスが現れて、当たり前のようにティアナを助ける。ティアナは最初は恐縮しているんだけれど、押し切られて、俺には決して見せない笑顔をユリウスに向けるのだ。

でも、今は違う。俺とティアナはつがいの関係だ。俺が手伝ってもおかしくない。俺が申し出ても全然おかしくない。というか、なんで俺に頼まないんだいい加減にしろよ。

本をユリウスから奪い、何も言わずに図書館に行き、ティアナのスカートの中に手を入れて「ユリウスと話をしただけで濡れるんじゃないのか」なんて、びっくりするような言いがかりをつけた。

長年の嫉妬《しっと》がここで爆発したことは認める。

ティアナの身体を書棚に押し付けて、片足を持ち上げて俺自身を挿れ込んだ。

怯《おび》えた目にゾクゾクする。

もっと、俺に頼ってくれ。俺にすべてを委ねて、俺がいないとだめだ、って思ってくれ。

頼むから。お願いだから……。

「どうだろう。少し前だから、もしかしたらもう、戻ってしまったかもしれない」

ユリウスたちの声が、書棚の向こう側から聞こえた。

背中を向けているティアナにはすぐ近くに感じられているかもしれないが、本の隙間《すきま》からちらりと見ると、奴らは斜向《はすむ》かいの死角に入っている……大丈夫だ。

そう言ってやろうかと見下ろすと、ティアナは、世界中の恐怖をすべて背負ったかのような顔で、俺を見上げていた。自分の運命のすべてを俺が握っているというような、俺に縋《すが》りつくような顔。

それを見た瞬間、自分でもどうしようもない思いが込み上げて、感情に任せて下から突き上げた。

必死で声を堪《こら》えようとするティアナ。その細い手首を、軽く掴んで口元から剥《は》がすと、信じられないというように俺を見上げてきた。

もっと、もっと俺に委ねてくれ。俺に、縋ってくれ。

「ティアはみんなの状況をよく知っているから、いいアイディアをくれるといいね」

俺の昂《たかぶ》る気持ちは、ユリウスの声を聞いたティアナの中が、きゅっ……!! と、今までにないほど締め付けたことで、自分でも抑えられない衝動にかわる。

　ふざけるな。アイツを想って締め付けて、それで俺がイきそうになるとか、やめてくれよ。

「アイツの声聞いて、中がすげぇ締まってる……アイツに、抱かれてる気分？」

　ティアナが小刻みに息をつく。涙が目に浮かんでいる。もう限界なんだ。

　分かっているのに、俺は、ティアナの一番弱いところを指先できゅっと押しつぶす。

　中が、入り口から奥にかけていっせいにきゅぅぅっ……と締め付けて、ティアナの唇が、ふわっと悲鳴の形に開いた——だめだ。もう、我慢なんかできるわけがない。

　俺は、ティアナの中に精を放出しながら……。

　その可愛いかわいい唇に、無我夢中《むがむちゅう》で自分の唇を、押し当てていた。


　医務室のベッドに眠るティアナを見下ろした。

　目を閉じて滾々《こんこん》と眠るその表情は、ひどく幼く見える。俺はこんなか弱い存在の彼女に、なんて無茶を強いたのだろう。

　ケダモノだ。

　ティアナがこっちに笑顔を見せてくれないことに勝手に焦《じ》れて嫉妬して、あげく暴走して、あんな場所で、あそこまでのことをするなんて、本当に自分が嫌になる。

　そのうえ、どさくさ紛れにずっと我慢していたキスまでしてしまった。

　俺は全く自分を律せていない。すべてをティアナにぶつけて。本当に嫌になる。

「――ごめん」

栗色の柔らかな髪を撫《な》でた。

俺はどうしたらいいんだろう。自分の嫉妬心すらコントロールができず、ティアナの優しさにつけこんで、つがいであるという、ただそれだけを振りかざして、気を失うほどの恐怖と体への負担を強いて。

目を覚ましたティアナは俺を責めなかった。

優しいティアナ。俺はおまえに、何をしてやれる？


翌日は、港の出航祭の警備に就いた。

主賓席に座ったコルネリア様の堂々とした物腰に、俺は少し感心する。さすが生まれながらの公女だ。ティアナが心酔するだけあって、彼女には風格のようなものがあると思う。

帰り道、馬車がトラブルで立ち往生したので、ユリウスと二手に分かれた俺は、コルネリア様を馬で寮に送り届けることになった。

「ありがとう、アデル。でも門のところまででいいわ」

「別にここまで来たら同じですよ。寮まで送ります」

やたら遠慮するコルネリア様に怪訝《けげん》な気持ちで返すと、彼女は困ったように眉《まゆ》を下げた。

「でも、アデルだってこんなところ、ティアに見られたら嫌でしょう？」

気を回しすぎな発言に、自嘲《じちょう》的に笑ってしまう。

「別に、俺が誰を馬に乗せてもティアナが気にするわけないでしょう」

コルネリア様は振り返って俺を見上げる。首を小さく左右に振って、ため息をついた。

「ティアも大変ね……」

「なにがですか?」

「……なんでもないわ」

呆《あき》れたように返されたのだけれど。


「なあ聞いたか? 今年はもう、いくつか報告されてるらしいぞ」

その日の夜。ユリウスと共にどうにか夕食には間に合ったけれど、さすがに少し疲れてしまった。

男子寮の共有スペースの椅子に座って明日の港の警備配置図を見ていると、隣に座ったゲルトが耳打ちしてきた。

「騎士団の補欠募集か?」

「違うよ。ほら、子供ができたって話」

資料から目を上げる。ゲルトの後ろの大テーブルで、ユリウスとエルマーが最近流行《はや》っているボードゲームで対戦しているのが見えた。

「早いよな。そりゃ帝国から見たら理想的な十八歳の姿なのかもしれないけどさ、俺はもう少し気楽に今を楽しみたいんだよなー」

そうか。俺が足踏みしながら鬱々《うつうつ》としている間にも、つがい相手と関係を深めていく生徒はいるんだよな。……いいな。控えめに言って、めちゃくちゃうらやましい。

「まあでも、帝国派の生徒なのかもしれないけどな。あいつらにとっては帝国への忠誠心を示す好機だもんな。俺たちとは根本的に感覚が違うんだよ」

ぼやきながら、ゲルトは椅子の肘置きに頬杖《ほおづえ》を突いた。

帝国派と旧公国派の境界を越えてつがい同士になることは滅多にない。数年前に一度、試験的に実施されたことはあったらしいが、うまくいかなかったらしい。詳しくは知らないが。

あまり急進的なことをして「十八歳の反乱」の二の舞になることを帝国は警戒しているのだという噂《うわさ》も聞いたことがあるから、俺たちは十二年前の十八歳に感謝すべきかもしれない。

今年も、帝国派と旧公国派をつがいにした組み合わせは生まれなかった。もっともそれがいつまで続くかどうかは分からないし、俺の抱える問題は、帝国派とか旧公国派とか以前にもっと個人的なものなのだが。

「アデルはティアナとうまくいってるのか？」

「普通」

「普通ってなんだよ。な、詳しく教えろよ。やっぱさ、してる間も喧嘩ばかりなの？」

俺が乱暴に配置図をサイドテーブルに置いたのに、ゲルトは構わず続ける。悪い奴じゃないのだが昔からこいつはいろいろ察しが悪い。あと下品で馬鹿だ。

「でもさ、ティアナいい奴じゃん。おまえにはつんつんしてるけど、結構胸も大きいし……」

前言撤回、やっぱりこいつは救いようがなかった。ちょっと痛い目に遭わせないと駄目だな。俺の（つがいの）ティアナの胸を意識するとか何考えてるんだ殺すぞ。

「ねえ、アデルとゲルトもこっちに来ない？」

立ち上がろうとした時、ユリウスの呑気な声が飛んできた。

「エルマーが、レーニと週末二人で出かけるんだって。どこにエスコートすればいいか、みんなで考えようよ」

ユリウスの正面に座ったエルマーが、照れくさそうに頭をかいている。

「なんだよデートか、やるなエルマー」

ゲルトが立ち上がって、楽しそうにエルマーの首に後ろから抱き着く。

「いや、夜とかさ、そういうことするためだけに会うってのも、なんだか味気ないなって思って。俺、レーニのこと嫌いじゃないし、もっと仲良くなりたいなって思ってさ」

顔を赤らめて言うエルマーの背中を、周りの男たちが叩《たた》いたり小突いたり頭を撫でたりして揶揄《からか》って、ちょっと異様なほどにその場が盛り上がっている。

「つがい制度」が影響を与えるのは、十八歳になってからだけではない。そこに至るまでの年月ずっと、「十八歳になったら、誰か分からない相手と子を成さなければならない」という意識は、俺たちの中に横たわってきた。

別に帝国は、十八歳までの男女が恋愛関係になることを禁じているわけではない。

しかし、そんなままごとみたいな関係には未来はない。「十八歳になったらつがい制度で相手が決められる」という事実が、とても俺たちにそんなことを選ばせないのだ。

だから俺たちは、異性の誰かのことを特別に意識しているというようなことを口に出すことは、無意識に避けていた。口に出したところで別の人とつがいになってしまったらお互いに気まずいし、気持ちが通じ合ってしまっても、つがい同士になれなかったらあまりに悲惨だからだ。

そういうこともあって、男しかいない騎士コースですら、誰が好きだ、誰が可愛い、というような話題を主観でする者はめったにいなかったわけで。

だから今、ずっと抑圧されていたそういう話題が解禁になった俺たちが浮き立ってしまうのも、無理もない話なのだと思う。

俺はエルマーの言葉に確かに感動していた。つがい制度は男の器量を明らかにするんだな。エルマーがこんなにいい男だなんて知らなかった。ちなみにゲルトは男を下げたな。

しかしデート。ティアナと手を繋いで市場を散策して。美味《おい》しいものを食べて、なにかおそろいのものを買ったりするのか。

ものすごく悪くない。ティアナが望むなら、馬で少し遠出してもいい。

「アデルのためにおしゃれしてきちゃった」と恥ずかしそうに笑うティアナ、そしてその服を脱がす俺……ぼんやりと想像していたら、ユリウスと目が合った。

「なんだよ」

「ううん。ティアとどこに出かけようかなって考えてるのかなって思って」

「そんなこと全く考えてない」

「そうなの？　古本市とかいいと思うよ。ティアが喜びそうな大規模なものが隣町でやっているの知ってる？」

俺は苛立《いらだ》ちを隠さずに、ユリウスの人を食ったような笑顔を見返した。

「おまえこそコルネリア様をどこかに連れていってやれよ。喜ぶぞ」

「そうかな。じゃあ四人で行くのはどう？」

これ以上会話を続けるのが面倒くさくなって、俺は立ち上がった。部屋に戻ってティアナのことを考えたかったのだ。

どうしたらティアナを笑顔にさせることができるのか。

ユリウスがティアナのことを気にしている。それを伝えてやること以外にも、俺にできることがなにかあるんじゃないかと思いたかった。


だからその翌日、港の警備から戻った時、明るい日差しの中でユリウスとボードゲームをするティアナを見た俺の心は激しくざわめいた。

無邪気に笑うティアナ。ああそうだ。俺と二人きりの時には決して見せないあの笑顔。俺が見たかったのはこの顔だ。

それなのに、ティアナはその無防備な笑顔をユリウスに向けた上で「こんなに楽しいのは久しぶり」なんて残酷な言葉を口にしていたのだ。

腹の底から突き上げるような行き場のない気持ちをぶつけるように、その後対戦したゲームで初心者のティアナを一切手加減せずに負かしてしまったのは、大人《おとな》げなかったかもしれないけれど。

その週末も俺は朝から遠乗りをして、息が上がるまで一人で剣の練習をした。

ティアナと出かけられたら、なんて思っていた自分がひどく滑稽《こっけい》に思えてくる。

俺からの誘いがなくて、ティアナはほっとしているんだろうな。だって俺といたって楽しくないんだもんな。ああだめだ、ものすごく落ち込んでくる。だけどこうしているうちにもタイムリミットは近付いてくるわけで。

このまま子供もできずに卒業したら、ティアナは二度と俺に会ってくれなくなるんじゃないだろうか。十年後くらいに偶然再会して、あらそういえば私たちつがい同士だったわね、みたいな関係になるんだろうか。焦燥感に胸が焦げるようだ。

だけどそんな一日が過ぎてその日の夕方、寮に戻る馬の上で俺は頭《かぶり》を振った。

違う、問題はもっと単純なことだ。まず会って抱きしめて、ややこしいことはそれから考えよう。

俺は今、すごくすごくティアナに会いたいんだ。会いに行くことに、それ以外の理由なんていらないだろう。

学院に戻ると、その足で女子寮に向かった。入り口付近をウロウロしていると、

「アデル！」

振り向くと、コルネリア様が立っていた。

「ティアを探しているの？　さっき厨房《ちゅうぼう》で……」

何か言いかけて口をつぐみ、悪戯《いたずら》っぽく微笑《ほほえ》んだ。

「多分、男子寮の方に行ったと思うわよ？」

「男子寮に何の用が？」

コルネリア様は少し目を丸くして、呆れたような謎《なぞ》の微笑みを見せた。

「本当に、ティアナも大変ね。私はユリウスを探しているのだけれど、知らない？」

「ああ、さっき馬場で見ましたよ」

礼を言って歩いていくコルネリア様の背中を、微笑ましい気持ちで見送った。

コルネリア様は、ユリウスを愛している。

ここ数年、コルネリア様を近くで見ていた俺は、そのことにすぐに気付いた。

ユリウスの家は、アリータ公が大公だった頃に何代にも渡り忠誠を誓ってきた、騎士団長の家系だ。

コルネリア様は一人娘だし、公国がなくならなかったら二人はそのまま結ばれていた可能性が高いだろう。

コルネリア様の隣には、常にユリウスがいる、その風景は俺たちにとって当たり前だった。

ただそんな中で、ユリウスは、いつからか堂々と、ティアナへの好意を口にするようになっていた。

「さっきすれ違ったティアの髪型見た？　可愛いよね。赤いリボンは珍しいよ」

「ティアのすごいところは、あんなに可愛いのに文官コースでトップの成績を取ってるところだよ。それも努力型だからね。昨日も図書館で遅くまで勉強していたから、ホットチョコレートを差し入れしたんだ」

恋愛が絡む話を意識的に避けている俺たちにとっては新鮮な話題だ。案の定、騎士コースの男どもは、みんな楽しそうにその話を聞いていた。

この話がティアナの耳に入らなかったのは、それが他《ほか》ならないユリウスだったからだ。

元公国貴族の子息たちにとって特別な存在であるコルネリア様。彼女にずっと寄り添っているユリウスがどんな気持ちでそんな話をしているのか測りかね、それを冗談で流さず話を広げてしまうようなことが、コルネリア様を傷つけることになるのではないかと、みんなが思っていたからだ。

でも、ユリウスは次第に、コルネリア様がいる時までもティアナの話をするようになっていった。

コルネリア様はそういう時、弟を見守るような困ったような笑顔を浮かべていたけれど、俺は、彼女がとても悲しい気持ちでいることを感じている。

ふざけるなユリウス、とあらゆる意味で思う。

奴にもいろいろ、背負うものや投げ出したいものがあるのかもしれない。

だけどそんなの知ったことか。勝手に大人《おとな》しく背負っていればいいだろう。

そんなユリウスのことをせつない気持ちで見つめているコルネリア様を見ていると、叶《かな》うことのないティアナへの想いを持て余している自分自身と重ねてしまい、俺はたまらない気持ちになってしまうのだ。

だから、二人がつがいになったと聞いた時は、驚きつつもコルネリア様の気持ちを思ってほっとしたものなのだが……。

うまくいっているのか？　せっかくの週末なのに、二人で出かけたりしなくていいのか？

いや、と苦笑してしまう。人のことを心配している余裕なんてないだろう。情けないのは、俺自身もユリウスと似たようなものだ。

俺は、男子寮に足を向けた。

side.アデル　第二章「告げられない想い」

あれは十六歳の誕生日だったから、今から二年半近く前のことだ。

誕生日だということに特に感慨もなく一日過ごした俺《おれ》だが、経済学の講義が終わって講堂を出たところにティアナが立っていたので、一気に今日が誕生日だということを意識してしまった。

ティアナは、胸元に小さな薄いブルーの包みを抱きしめるように持って、緊張した顔で立っていたのだ。

「アデル」

怒ったような顔で俺に声をかけてくる。少しだけ、頬《ほお》が赤い。

あいつが俺に、自分から話しかけてくるなんて久しぶりすぎて、俺は情けないことにかなり動揺してしまった。ティアナが持っている包みが嫌でも目に入ってしまって、いやいやそんなわけないだろうと思っても胸が早鐘のように鳴った。

「何だよ。おまえが声かけてくるなんて気持ち悪いな。何の文句付けに来たんだよ。コルネリア様に何かあったのか」

え？　なんだこの台詞《セリフ》。まさか俺が言っているのか？

ティアナは、すっと表情を消した。

「バカじゃないの。コルネリア様に何かあったとしてあんたに報告する義務ないでしょ」

「じゃあなんだよ。ていうかそれなんだよ」

気になりすぎてティアナが抱える包みを指さしてしまう。誰《だれ》か俺を止めてくれ。

「これはっ……」

「あれ、ティアじゃない。どうしたの？」

遅れて講堂を出てきたユリウスが嬉《うれ》しそうに声をかけてきて、俺は小さく舌打ちした。

ティアナはユリウスを見て、救われたような笑顔になる。

「ユリウス様……!!　あ、あの……これ、よかったらどうかなって思って……」

包みをユリウスに差し出した。

「え？　なにこれ？」

ユリウスが、慌てて荷物を脇《わき》に抱え直すと包みを受け取り、封を開く。

「わぁ、お菓子かい？　これ知ってるよ。僕好きなんだ。え、もしかしてティアが作ってくれたの？」

「えっと、あの……本当に形がよくないんだけど。練習中で……」

俺をその場に残して、二人は楽しそうに肩を並べて歩いていく。


その夜、俺は先輩からずっと誘われていた夜の街に、初めて付いていった。

ぱっと見は軽く酒を出すような普通の店に見えたが、そういう場所であることは暗黙の了解で、俺たちが席に着くとすぐに女が近寄ってきた。そしてその店の二階で、俺は初めて男と女がすること、というものを経験した。

別にこんなこと、相手が誰でもできるな、という感想だった。

瞬間的な快楽はあるにはあるが、終わった後の虚無感と自己嫌悪がひどく、それきりとなった。

あんな行為になぜ人は意味を見出《みいだ》すのかと本気で思ったが、あれを……ティアナとするとどうなるのか、と考えると、想像だけで果ててしまうほど興奮し、そんな自分にまた落ち込み、そして、ティアナがやがて成人の儀で、誰か分からないが同じ学年の誰かとあれをするのかと思うと、吐き気をもよおした。

やっぱり絶対に、俺がティアナのつがいにならないといけない。そう決意を新たにしたのだ。


……ということを思い出していた。

あの日から二年半。今俺は、夕暮れ差し込む離れの小部屋で、あられもない姿でベッドに横たわるティアナの、足の小指をしゃぶっている。

「や、やめて、アデル……ふやぁっ……」

たまらなく可愛《かわい》い声を、恥ずかしそうにティアナが上げる。

小さくて細くて、先が少し丸くて。足の小指まで、ティアナはすごく可愛い。

俺はそのまま指先を舐《な》めしゃぶり、丸い小さなくるぶしから、細い足首、白いふくらはぎ……と、だんだん上へと上がっていく。足を持ち上げると、いつも俺を魅了する、ティアナの恥ずかしい場所が俺の視線に入る。

その先に、恥ずかしそうに涙目で震えるティアナの顔も。

あの十六歳の誕生日のことを思い出したのは、さっき裏庭で食べた焼き菓子のせいだろう。俺は二年半越しの悲願を叶《かな》え、ティアナの手作り菓子を食べられたことになる。

すごく甘くて、美味《おい》しかった。

なにより、俺が疲れているんじゃないかと、俺のために作ったと、そんな言葉がティアナから聞けて、俺はちょっと……泣いてしまうんじゃないかというくらいに感動したのだ。

でもその一方でティアナは、自分の身体に傷が付こうと俺が気にするはずがないというようなことを本気で発言する。

そんなわけないだろう。

ティアナの身体《からだ》に触れるだけでも許せない。髪の一本でも傷つけるのなら、俺はディルクの野郎に何をしてしまうか自分でも分かったもんじゃない。

なのに、ティアナはそんな風に俺のことを見ているのか。こんなに体を重ねても、そこには全く、俺からの愛を感じてくれてはいないのか。

「おまえの身体は、全然傷だらけなんかじゃない」

白くて柔らかくて、どこもかしこも甘い匂《にお》いがする。

俺にとって、奇跡みたいな、世界中の何にも代えられない宝物みたいな身体だ。

どう言ったらそれが伝わるんだろう。どうしたら、自分をもっと大切にしてくれるんだろう。

そこまで考えて、少し笑いたくなる。

自分を大切に？　俺なんかに身体を差し出させている時点で、どの口がそんなことを言えるというのか。

それでも。

「うわ、漏らしたみたいにぐっちょぐちょ」

きゅんきゅんと俺の指を締め付けてくる、温かくとろけたたまらないティアナのその場所に、俺の武骨な指が二本。締め付けられつつ中でバラバラに動かすと、ティアナの身体がベッドの上でひくひくと震える。

もっともっとその声が聴きたくて、散々ティアナを揶揄《からか》って、いじわるをしてしまう。

俺の指たった二本でこんなに乱れて、泣きじゃくって、惜しげもなく体をさらして可愛い声を上げるティアナ。

最初はずっと、キスを我慢していた。

キスをしたら、気持ちがあふれてしまうと分かっていたから。

でも、気付いたら、キスしないでいられるわけがなくなっていた。

ティアナの唇を自分のそれでふさぐ。もう、本心を口にすることが止められなかった。

「俺以外の奴《やつ》がおまえの身体を触ったり……穢《けが》したりすることは、絶対に許さない」

ティアナが、泣きながら両手を伸ばして、そのまま、俺の首にしがみつく。

可愛すぎる。たまらない。

「ユリウスにだって、絶対に許さない」

だめだ。俺はもう、限界にきている。

その日、ティアナを寮に送りながら、俺はもう、あふれる想いに蓋《ふた》をするので必死だった。

何もかもを投げうってでも、ティアナにこの気持ちを……俺が、こんなにおまえを愛しているということを、伝えたくて伝えたくて……このままじゃ、俺はおかしくなってしまうかもしれない。


コルネリア様主催の夜会が近付いてきたその日、俺はユリウスと共に、警備の配置を確認するためにアリータ邸を訪れていた。

屋敷の上の階から華やいだ女子たちの声が漏れ聞こえてくる。当日のドレスの試着をしているという話だった。

きっとティアナもいるだろう。あいつはどんなドレスを着るんだろうか。

ずっと、ティアナには琥珀《こはく》色が似合うと思っていたし、そう伝えてもいるけれど、俺のリクエストを真に受けてくれたりしないだろうか。そんなことを考えながらも顔には出さずに粛々《しゅくしゅく》と確認を済ませる。

「アデル、来てくれていたのね。ありがとう」

屋敷のホールで、コルネリア様が声をかけてきた。

「騎士コースの皆には申し訳ないと思っているわ。お客様なのに警備までお願いして。本当は、それ専門の人を雇えればよかったのだけれど」

「そんな無駄なことをする必要ないですよ。当日は常に三人が見回りにあたるようにしますから」

「ありがとう。とても心強いわ」

コルネリア様は、手元に屋敷の見取り図を広げた。

「当日、この坂にずっとランタンを灯《とも》すでしょう？　すごく綺麗《きれい》だと思うの。楽しみだわ」

嬉しそうにコルネリア様が言う。確かにそれはこの白亜の豪邸に映えるだろう。

ティアナも、そういうの好きそうだよな。連れてきた時、一緒に見るのが楽しみだ。想像して、思わず少し笑顔になってしまった。

「あれ、ティア。どうしたのこんなところで」

ユリウスの能天気な声がして、ハッとした。

振り向くと、なんだか気まずそうな顔をしたティアナが、ユリウスと共にホールに入ってくる。

ユリウスの右手が、軽くティアナの背中に添えられているのを見ただけで、俺の心臓はズクリと震えてしまう。

ティアナが、俺の方を見ず、俺に近付かないようにしているのが分かった。

ユリウスを見ていたんだろうか。それを俺に知られて、気まずいんだろうな。

ぎこちなく笑うティアナがなんだかかわいそうになってくる。いや、そんな思いをさせているのは俺自身なんだが……。

何かを長々と語っていたユリウスが唐突に、

「こんな儀式が結び付けた関係だけれど、意外といい組み合わせというか……思いは通じているのかな？　ね、アデル」

なんて俺に振ってきた。

何だこいつ、俺を牽制《けんせい》しているのか？

俺に背中を向けた、ティアナの白い首筋を見る。

大丈夫だ、ティアナ。ユリウスに変に思われるの嫌だよな。分かってるから安心しろ。

「いや……俺たちは、そういうんじゃないから」


馬車を降りる時、明らかに俺を拒絶したティアナ。

ユリウスと二人、ランタンを見上げて微笑《ほほえ》みあう姿に、俺はもう耐えられなかった。

強引にティアナの手を引き、人混みを抜けたところでキスをする。

嫌がられたけれど、こいつはこんなに弱かったか？　と思うような力で。

でも、唇が離れた時にティアナの大きな目に涙が浮かんでいたので、心臓がドクンとなった。

「私だって、あんな風に言われて、すごく、嫌だった」

ティアナが涙目でそう言った時、俺はどうしていいか分からなくて。見つめるティアナが愛《いと》しくて、
もう、いろんなことを隠しながら、ただ身体だけで繋《つな》がろうとしている自分が情けなくて。

そっと、これ以上ティアナを傷つけてしまわないように、触れるだけの、キスをした。


ティアナ。

夜会が終わったらおまえに告げるよ。

すべてを、話す。

ユリウスの気持ちも、それを黙っていたことも謝って、それでもおまえのことを愛していると伝えて、これからもずっと一緒にいてほしい、一緒にいたいと告げよう。

そうしたら、おまえはどうするだろう。

もし。それでも俺といることを受け入れてくれるなら。

そうしたら、俺は二度とおまえを泣かさないと誓うよ。

見上げる空の下、色とりどりのランタンが浮かんでいた。


夜会の日が来た。

他《ほか》の生徒たちと同じように、俺も一度自宅に戻って準備をすることにした。ティアナは前日から帰っているし、寮から直接エスコートに行くというのも風情がないだろう。まあ、気分の問題だ。

ベルガー家の屋敷は、学院とアリータ邸の中間地点にある。公国時代には港周辺に領地を所有していたが、既得権益《きとくけんえき》を奪われたことで父親の商才が目覚めたのか、最近では商船をいくつか所有するようになっていた。

成人の儀以降初めて帰宅した俺に、母親は話を聞きたそうなそぶりを見せていたけれど、俺は早々に話を切り上げ、離れにある自室に引っ込んで準備を始めた。

「兄さん、本当に花束作らなくていいんですか？」

弟のウィムが部屋を覗《のぞ》き込んできた。

「花壇に綺麗なミモザの花が咲いているんですよ。あれをまとめてプレゼントしたら、ティアナさん喜ぶんじゃないかなって思って」

帝国学院の中等部に通う五歳年下のウィムは、生意気にもそんなことを言う。

「別に必要ない」

「僕なら絶対に持っていくんだけどなあ」

それからなんだか心配そうな顔で俺を見る。

「兄さん大丈夫？　ちゃんとティアナさんに、綺麗だよ、とか今夜の君は素敵だ、とか伝えなきゃだめだよ？　あ、ミモザの花言葉は、『秘密の愛』なんだけど、本当に花束は必要ない？　……うわっ」

どさくさ紛れに部屋に入り込んできたウィムを摘まみ上げて、ぽいと廊下に放《ほう》り出した。

そんなことが簡単に伝えられるなら、俺は今こんな苦労をしていないんだよ。

それに、綺麗も素敵も、別に今夜だけのことじゃない。毎日嫌になるほど思っているんだ。


愛馬に跨《また》がると、クライン家の屋敷へと向かった。

途中の街道沿いに、数人の男が馬上で会話をしているのが目に入る。

ディルク・ノイマンとその取り巻きだ。

同じ騎士コースに属しているが、普段ほとんど接点はない。

何でわざわざ騎士コースに在籍しているのか分からないほど奴らは授業に消極的で、余暇の過ごし方ばかりに気を取られているように思える。しかしいざ帝国の騎士本部から評価点が届くと、驚くような高評価が付けられていることがあって、アリータ公国出身の同級生たちには我慢がならない存在だ。

俺も、最初は許せないと思っていたが、まぁそんな奴にかかずりあっている暇もないし、この世に理不尽はある。それは天を恨むのではなく努力で埋めると決めているので、最近はほとんど空気のように感じていた。

が、最近どうもティアナのことを変な目で見ている気がするので、それだけは万死に値すると思ってはいるのだが。

この間、寮の裏手でティアナの手を掴《つか》んでいたことを思い出して、すれ違いざまに一瞬険《けん》のある表情で見やった俺に、ディルクは怯《ひる》んだ表情をして、それを隠すように、ひどく嫌な笑いを口に浮かべた。

なんだ、あれは？

普段あまり、俺やユリウスには見せてこない好戦的な表情が少し気になったものの、立ち止まるほどのことではない。その上、屋敷に着いたら、恥ずかしそうに現れたティアナが琥珀色のドレスを着てくれていて……俺はもう、有頂天な気持ちを顔に出さないようにするのに必死で、ディルクのことなんて、綺麗に忘れてしまったのだ。

「アデルお疲れさま、代わるよ」

正面玄関に立つ俺に、ユリウスが声をかけてきた。

階段を下りてくるユリウスの後ろから、明るい光の中、ざわめきと音楽が聞こえてくる。

「変わりはない？」

「特には。イリーナが飛び出してったのをゲルトが追いかけていったくらいだ」

「その二人なら、さっき手を繋いで中庭から帰ってきたよ。ゲルトが他の子と話していたからやきもち妬《や》いたんだって」

ユリウスはクスリと笑ったが、俺は特に笑わなかった。ティアナが他の男と話しているだけで俺は毎日普通に妬いているからな。表に出すか出さないかの違いだけだ。

「じゃあ、また一時間したら交代な」

ユリウスの肩を軽く叩《たた》いて中に戻ろうとしたら、

「ティアのドレス素敵だったね。ものすごく似合っていた」

立ち止まって振り返る。

「琥珀色、ああいうちょっとレトロな感じも似合うんだね。明るい色がぴったりだとばかり思っていたよ。僕もまだまだ見る目がないな」

ユリウスは、ちらりと俺の目を見て屈託ない風に笑った。

こいつは、ここに至ってもまだそんなことを言っているのか。

「ユリウス」

俺は階段の上からユリウスをまっすぐに見た。

「もうあまり、そういうことは言わない方がいい。おまえはコルネリア様のつがいになったんだし、俺も不愉快だ」

ユリウスは、俺の言葉を予想していたように、待っていたように、ゆっくりと微笑んだ。

「アデルはいいね。ややこしいように見えてすごくシンプルだ」

「おまえ喧嘩《けんか》売ってるのか？」

「あとで、ティアにダンス申し込んでもいい？」

「おい、俺の話聞いていたのか」

階段を下りかけた俺の言葉にかぶせるように、僕が、とユリウスは続ける。

「僕がティアのこと、ずっと好きだったの知っているだろう？　いいじゃない、学院生活最後の思い出だよ？　それともアデルは」

ムカつくほど綺麗な顔で、

「たった一曲踊ったくらいで、僕にティアを取られるとでも思っているの？」

少し首を傾《かし》げて言い、バサリとマントをひるがえして踵《きびす》を返すと、闇《やみ》の中に去っていく。

……いちいちマントの扱いがうるさいんだよ。

俺は唇を噛《か》んだ。

ユリウスのことをティアナに言えていない俺の狡《ずる》さが、ここにきて自分の動きを絡め取る。

「アデリュ、踊らない?」

ユリウスと別れてホールに戻ると、楽団がワルツを奏で始めていた。

さっきのユリウスとの会話を思い出して、奴にも自分にも苛《いら》ついていた俺を癒《いや》す、ティアナの誘い。

正直、ダンスを……それも同じ学校のみんなの見ている前で踊るというのは、騎士として生きることを選んできた俺には、結構なハードルだった。

でも、ティアナにこんな風に可愛く噛みつつお願いされたら、そりゃ踊るだろ? 誰が何と言おうと、今夜のティアナのパートナーは俺なんだから。

「光栄です、姫」

ちょっと格好つけすぎただろうかと思ったけれど、その言葉を聞いたティアナが目を大きく丸くして……それから弾《はじ》けるような笑顔になってくれたので、俺は何もかも、さっきのユリウスのことすらも許せるくらい、幸せな気持ちになったのだ。

ティアナの細い腰に手を添える。俺の方を見上げて、目が合うと照れくさそうに俯く。

ずっと、この夜会を楽しみにしていたティアナ。

楽しいか? よかった、おまえがそんな風に楽しんでいるのをすぐ近くで見られて、俺もすごく幸せだ。

ティアナ、もしもその笑顔が、俺と一緒にここにいるからだとしたら、俺はどんなに——

「かわってもらえるかな?」

ユリウスが俺の肩を叩いた。

——たった一曲踊ったくらいで、僕にティアを取られるとでも思っているの？

ああいう布石を打っておくことで、ここでスムーズに譲らせようという、ユリウスの思惑には気付いていた。

思い通りになんてなってたまるか、という気持ちがあったのに。

もしも、ティアナが、嬉しそうな顔をしていたら？

俺に気を使って、言い出せないような顔をしていたら？

俺はティアナの方を見ることができないまま、その場所をユリウスに譲った。

ユリウスが、コルネリア様がどうとか言っていたけれど、耳に入ってこなかった。


「アデル、大丈夫？　とても怖い顔」

誰かが話しかけてくる。

俺は、一体何をしている？

振り向くと、ホールの中央、くるりくるりと旋回《せんかい》して踊るユリウスとティアナの姿が見えた。

——たった一曲踊ったくらいで、僕にティアを取られるとでも思っているの？

俺はそのまま踵を返す。踊っていた誰かにぶつかって不満の目を向けられるのも無視して、そのまま進み、ティアナに顔を寄せて踊るユリウスの肩を、ぐっと引いた。

ああそうだ。その通りだ。

俺は、ユリウスがたった一曲踊っただけで、自分がこの数週間で積み上げてきたティアナとのすべてを覆されると恐れている。

それが悪いか。それくらい、ティアナを失うことが怖くて仕方ないのだ。

「ユリウス、悪いがそいつをエスコートするのは俺だ」

俺がティアナの手を放す時は、ティアナ自身から拒絶された時、その時だけだ。


ホールを抜けて玄関の外、光が差さない死角にティアナを引っ張っていく。

戸惑う彼女を、振り向きざまに抱きしめた。

今まで、ティアナが驚くほど細くて小さくて、壊してしまうんじゃないかと思ってそっと触ってきた。だけど。

細い肩を両手で引き寄せ、きつく力を込めて抱き寄せる。柔らかな体、フワフワした髪の甘い匂い。

「アデル、痛い……」

戸惑ったような声を出すティアナの唇を、ふさぐ。

壁にティアナの身体を押し付けて、口の中に舌をねじ込む。

俺の舌に触れたティアナのそれが奥に逃げるのを許さないで、絡み取って、飲み干すように。

一度離れた唇を、容赦なくまたむさぼった。

唇を離すと、唾液《だえき》がとろりと二人の間を繋いで、ティアナが呆然《ぼうぜん》としたような目で俺を見上げていた。

「ごめん」

怖がらせて、ごめん。驚かせて、ごめん。

それと……。

「ユリウスとせっかく踊っていたのに……邪魔した」

「コルネリア様と、踊らなかったの？　バカね。こんなチャンス、もうないかもしれないのに」

コルネリア様？　そういえばいたような……なんだっけ？

「今すぐ、ここで抱きたい」

「いやそれは無理」

テンポよく返されて、思わずお互い笑ってしまう。

ああもう、ずっと笑っていたい。二人で笑っていたいんだ。

ティアナは何かを言いたそうにしたけれど、その時エルマーが現れて、正門に帝国派が来ていると言う。ユリウスが向かっていると聞いて、俺は舌打ちしたくなった。

あいつ、どうして俺を待たないいんだ。

ティアナにホールに戻るように指示をして、俺はエルマーと馬留めへ向かう。

「アデル！」

ティアナが俺を呼んだ。

その時振り向いて見たティアナの表情を、俺はこの夜何度も思い出すことになる。

迷子の子供みたいな寄《よ》る辺《べ》のない表情で。なぜだろう。今すぐ駆け戻って抱きしめたくなった。

「戻ってきたら、伝えたいことがあるの」

「俺もだ」

そう、俺もだ。

戻ったら伝えるから。

俺の気持ちをちゃんと伝えるから、聞いてくれ、ティアナ。


その夜その直後から、記憶は喧騒《けんそう》の中にある。

正門に馬車を集めた帝国派の生徒たちが中に入りたいと声を上げるのを諌《いさ》め、代表は誰だと問いかけた。ディルク・ノイマンだ、と返されて、その日の夕方の、奴の嫌な笑顔を思い出す。

「ディルクはどこだ、出てこいよ」

「中に入ったんじゃないか？　裏門が手薄だと言っていたぞ」

ニヤニヤしながら取り巻きの一人が言う。

胸に込み上げる不愉快な予感に突き動かされるように、そのまま手綱を引き寄せて馬を旋回させると、一気に坂を逆走する。

屋敷の正面玄関に戻り馬から飛び降りた時、正面の庭の暗がりから、怯《おび》えたような表情のイリーナが飛び出してきた。

「アデル、ティアナが……!!」

声を聞くより早く庭に飛び込んだ俺の耳に、

「おまえの本当のつがいの相手は、アデル・ベルガーなんかじゃないんだよ。残念だったなティアナ!!」

叫ぶ男。自棄《やけ》になったような笑い声。

月明かりに照らされた芝生《しばふ》の上、俺の大事な大事な子。ああ、琥珀色のドレスがとても似合っている。

蒼白《そうはく》の顔、目が合うと……、

「ティアナ!!」

駆け寄った俺の腕の中に、ティアナの身体が力を失って倒れ込んできた。

side.アデル　第三章「もう二度と、おまえを」

最初は何の話だと取り合わなかったノイマン行政官だが、俺《おれ》たちが突き出したディルク・ノイマンが不貞腐れた顔で自分のしたことを認めると、さっと顔色が変わった。

奥から出してきた書類と俺たちの組み合わせを確認して、苦虫を噛《か》みつぶしたような表情になる。

「――確かにこの四人の組み合わせが入れ替わっているようだ。なぜこんなことになったのか……」

「あなたのご子息が言う通り、彼が作為的に組み替えたのでしょう」

椅子《いす》に腰をかけたユリウスが静かに返す。俺はその後ろに立ち、ひたすら苛《いら》ついていた。

「ディルク、どうしてそんなことを」

ディルク・ノイマンは、開き直ったような表情で明後日の方向を向いている。

「あなたもどうして今まで気が付かなかったのでしょうか」

ユリウスの言葉にかぶせるように、俺は後ろから言った。

「そんなことはもういい。これ以上あんたの息子がしたことを広められたくないだろう。二度と軽々しくそんなことを口にしないように息子に誓約させてくれ」

ノイマン行政官は、黙って手元の書類を見たまま動かない。

「大体おまえたちが！」

いきなりディルクが高い声を上げた。双眸《そうぼう》を見開き引きつった笑顔を浮かべている。

「おまえたちが悪いんだ。ずっと人を見下しやがって……しょせん滅んだ国の貴族のくせに！　特に俺が気に食わなかったのはおまえたち、おまえとティアナ・クラインなんだよアデル・ベルガー!!」

椅子からガタリと立ち上がり、俺を指さす。

「犬猿の仲で有名な二人がつがいになって、苦労すりゃいいと思ったんだ！　それがなんだ、おまえら仲良さそうにしやがって……おい、あの伯爵令嬢をどんな風に堕《お》としたんだよアデル……」

ガッと踏み出してその汚い口をふさごうとした俺の身体を、素早くユリウスが制した。

「黙っていろディルク」

ノイマン行政官が低い声で言う。

「息子は、やや錯乱しているようだ。彼も、私の仕事の都合で帝都からこの辺境へと移り住み、不安だったのだと思うよ。元公国貴族の面々は頑固で結束が固く、言葉は悪いが排他的だ」

「だからと言って、今回彼がしたことの理由にはなりません」

冷静に返すユリウスを無視してノイマン行政官が続けた言葉に、俺は耳を疑った。

「……君たちは……特に後ろの彼は、随分と好戦的だね。確かに、直接書類に手を加えたのは、私の息子かもしれない。だけど……そうするように強制したのは、君たちなのではないのかね？」

一度退《ひ》いて対策を練ろう、というユリウスの提案を渋々飲んだのは、アリータ邸に置いてきたティアナが心配だったからだ。

既に真夜中と言っていい時間だった。闇《やみ》に沈んだ屋敷へ向かう坂道の両脇《わき》に、灯《ひ》が消されたランタンが下がったままなのが、もの悲しかった。

部屋に戻ると、ティアナは体を起こしてコルネリア様の隣に座っていた。

ほっとしたが、表情が暗くこちらを見ない様子なのが気になった。

そして、ひと悶着《もんちゃく》の後。ティアナは言ったのだ。はっきりと。

「私は、ユリウス様とつがいになれるのなら、とても、嬉《うれ》しいです」

部屋が、沈黙に包まれた。

不思議と、その時点でショックが襲うとか心臓が凍り付くとか、そういった感情は湧《わ》かなかった。

ただ、俺は静かにティアナを見た。

少し肩が震えている。

大丈夫だ、ティアナ。何も怖がらなくていい。

おまえを脅かすものは、俺が全部、取り除いてやるから。

「――ティアナ。顔を上げて、俺の目を見ながら、もう一度言ってみろ」

俯《うつむ》いていたティアナが、俺に言われて目を上げる。

丸みを帯びた、深い緑色の瞳《ひとみ》。意志を持って迷いなく正義を通すおまえのまっすぐさが、俺はすごく、好きだった。

「だって、アデルは知っているでしょう？　私がずっと、ユリウス様のこと、好きだったこと」

少し、困ったように笑った。

「アデルも、思っていたよりは気が合うかもって最近思えてきてたけど、やっぱりユリウス様とは、ちょっと違うから」

さっき、ホールでユリウスとティアナがワルツを踊った時。

そう、あれは本当に、ついさっきのことなのだが、あの時俺は誓ったのだ。

ティアナ自身から拒絶されない限り、俺は決しておまえの手を放さない、と。

ディルクの叫びを聞いた時、俺とティアナが、本来のつがいではなかったと聞いたその瞬間から、俺はずっと、ずっと怖くてたまらなかった。

分かっていたんだ。おまえがこういう答えを出すことを。

ごめんな。俺からちゃんと、おまえを解放してやればよかった。

「……そうか、そうだったな」

最後にもう一度触れてもいいか？

本当は、抱きしめて、その唇に自分のそれを押し当てたい。

だけど。

俺は、そっと、ティアナの柔らかい栗色《くり》の髪を撫《な》でた。

「……よかったな」

そのまま踵《きびす》を返す。

これ以上ここにいたら、すべてを破壊してしまいそうだった。

案内された、本館二階の客用の寝室。広いベッドに仰向けに倒れ込んだ。

ひどく、疲れた。

頭の芯《しん》が熱を帯びて膿《う》んでいるようで、何も考えられない。

天井の模様をぼんやりと見上げる。

ふと、この天井に見覚えがある気がして、俺は視線を巡らせた。

——アデル、アデルってば。

遠い過去。記憶の底。そうだ、初等科を卒業するお祝いだかを理由に、みんながアリータ邸の茶会に集められたことがあった。

綺麗《きれい》なお屋敷、美味《おい》しいお菓子や飲み物。それぞれ精一杯おしゃれをして……そうだ、そういうことがあったな。

最初はちょっと気取っていた子供たちも、やがて素が出てきて……そう、屋敷の中を探検しようとこっそり忍び込んだいくつかの部屋の中に、この部屋があったような気がする。

体を起こす。緩やかなカーブを作る白い柱や、壁にかけられた港の絵にも見覚えがある。

——アデル、さっきのお菓子、そんなに美味しかったの？

窓際に目をやる。そこに、そうだ、黄色……？　琥珀《こはく》色にも見えるドレスを着た、十二歳のティアナが立っていた。

不意に話しかけられた俺は少し動揺して、やっぱりぶっきらぼうに、なんだよ、と返したんだ。

——さっきの焼き菓子。柔らかい、コルネリア様が作ったっていうもの。三つも、食べてた。

なんだか少し怒ったような顔で、俺を見るティアナ。

——悪いかよ。いいだろ三つくらい。たくさんあったんだし。

——美味しかったの？　美味しい、て言ってたし。

——美味しいって言ったら悪いのかよ。

悪いとかじゃない、そうじゃなくて……。

言いかけたティアナの言葉は、どんな風に繫《つな》がっていくはずだったのだろう。

大人《おとな》が来て、勝手にこの部屋に入るな！　とか怒られて、そのままになったように思う。

あの時、ティアナが言っていた焼き菓子のことを全く忘れていたけれど、不意にそのイメージが、俺の記憶で形を作って……。

——あの、もちろんコルネリア様が作られたものとは、もともと足下にも及ばないのだけれど……。

ついこの間、寮の裏でティアナから奪った袋から出てきた、つぶれた焼き菓子と繫がった。

「なんだよそれ……」

別に、何の意味もないのかもしれない。

ただの偶然なのかもしれない。

だけど。

何の意味もないと俺が勝手に見なして、目をそらしてきたことの中に、気が付かなくてはいけないものが、たくさんたくさんあったんじゃないだろうか。

「アデル、大丈夫？　ごめんなさい、ノックをしたけれど返事がなかったものだから……」

部屋の扉が開いてコルネリア様が入ってくる。


いや、違う。違うだろう、そうじゃない。

あれはそういう意味じゃない、と焦ったように俺を見つめたティアナ。

村祭りで、ランタンの灯《あか》りの下、俺を見上げて涙を浮かべたティアナ。

俺の手を取って、踊りながら嬉しそうに笑顔で見上げてきたティアナ。


腹の奥底から、圧倒的な質量を持った焦燥感が、胸を突き上げてきた。

そんな真実なんてどこにもなくて、たとえすべてが俺の勘違いだったとしても。

俺が、何も告げないまま、このまま終わらせてしまうことの理由なんて、どこにもない。

くだらない俺は、まだティアナに何も伝えていないのだ。

「コルネリア様」

ベッドから立ち上がって一歩踏み出すと、コルネリア様はびくりと肩を震わせて、一歩下がった。

「申し訳ありません。俺はもう、あなたの騎士には戻れません」

「えっ……アデル!?　どこに行くの??」

焦ったようなコルネリア様の声を背に廊下に出ると、勢いよく赤いじゅうたんを蹴《け》って走り出す。

神様、もう一度だけ、祈ることを許してください。

どうか、どうにか間に合ってくれお願いだから。

——アデル、私、今夜がとても楽しみよ。

ほんの数時間前、馬車の窓から外を見上げて、子供みたいな笑顔で俺を見た、ティアナの声が蘇《よみがえ》る。

長い廊下を曲がって階段を下りると、本館から離れを繋ぐ回廊に足を踏み入れた。

離れの二階に客用の寝室が並んでいることは分かっている。

灯がついているのは数えるほどだ。片っ端からドアを蹴破っていってやる。

「待ってアデル!!」

後ろからコルネリア様の声が聞こえるが、申し訳ないが無視させていただく。

回廊を駆け抜けようとした時。

どうしてそっちを見ようと思ったのか、あとになっても分からない。

ただ、俺は自分の左手に広がる屋敷の前庭……今は暗闇に沈んだそこに視線を向けた。

立ち止まった俺にほっとしたのか、コルネリア様が追い付いてくる。

夜闇の奥。ふっとうごめく小さな影が、見えた。

その瞬間、俺は何も考えず、回廊の柵《さく》を飛び越えていた。

足下の芝を蹴り、まっすぐに走る。

頭の中にあるのは、ただ一つ、ただ一人、たった一つの——

「――アデル!!」

「ティアナ!!」

影が、ふらりと前のめりに倒れる。

地面に倒れてしまう前に、俺はぎりぎりで自分の身体《からだ》を滑り込ませて、

柔らかくて小さくて、細く震える体を、胸の中に、抱きしめた。

無意識に、きつくきつく、抱きしめる。

一瞬でもこの手の力を緩めたら、そのまま奪われてしまうような気がした。

ティアナの鼓動が、柔らかな体の感触が、俺の服越しにも伝わってくる。

かき抱いていた力を少し抜いて、ティアナの顔を見る。

髪が乱れて、おでこや頬《ほお》に張り付いている。葉っぱが髪に絡みついて。

鼻の頭にまで泥が付いて……なんだよ、おまえ、あんなに綺麗にお化粧していたのに……。

俺は、泣いているのかもしれない。

ティアナのおでこをそっと撫でた。

「おまえ、すげぇ格好……怪我《けが》してないか？　大丈夫……」

「アデルのことが好きなの」

ティアナが、俺の目を見上げて発した言葉。

俺の耳から、直接心の奥に飛び込む。

「アデルのことが、一番好きなの。ずっとずっと。子供の頃《ころ》から、ずっと大好きなの。忘れたくない

の、ううん、忘れることなんて、できるわけがないの。他《ほか》のひとじゃ、嫌なの。アデルのことだけが……」

「俺もだ」

ずっと、ずっと欲しかった。

手を伸ばして、それでも届かなかったらどうしようと、俺はずっと躊躇《ちゅうちょ》していた。

「俺もおまえのことが、おまえのことだけが、ずっとずっと好きだった……絶対、俺の方が前から、おまえのことが好きだった」

「違う、私の方がずっと前から、好きだったよ」

ちょっと待ってくれ。俺にもう少し話させてくれ。

「俺だって」

「私だよ!!」

「あーもう、大人《おとな》しくそこは譲れよ!!」

目が合って俺たちは笑ってしまう。

深い緑の丸い形の瞳。ずっとずっと、そこに俺だけを映してほしいと思っていて、そして今。

「頭がおかしくなるかと思った」

つぶやいて、泣きそうになるのを隠すように、ティアナの唇にそれを重ねた。

「愛してる」

ずっとずっと……言いたかった。

「ちょ、ちょっと待ってアデル……‼」

翌日の昼過ぎ。

俺はティアナを馬に乗せて、猛スピードで走らせていた。

あまりの速さに怯《おび》えたように胸にしがみついてくるティアナが愛《いと》おしい。今すぐそこらへんの道端で抱きたいのを、最後に残った理性で必死に堪《こら》えた。

ほとんど暴走するように自分の屋敷に走り込む。

馬小屋の前で、ウィムが従者と一緒に馬に餌《えさ》をあげていた。

「兄さん？　え？　どうしたんですか……その方、ティアナさん⁉」

唐突にティアナを抱いて駆け込んできた俺に、さすがのウィムも動揺した顔をする。

「離れの部屋使うから。誰《だれ》も近付けるな」

「え、ちょっと、兄さん……⁉　えええええ⁉」

顔を赤くして戸惑う弟を置いて、ティアナを抱え上げると離れに渡る。

私室に入り、ベッドの上にティアナを下ろした。

「もう、一生ウィムの顔見られない……」

真っ赤になっているティアナに口づけて、もどかしい気持ちでタイを解いた。

爆発、しそうだ。いろいろと。

昨日の夜から今朝にかけての一連の出来事を思い出す。

俺にとってはティアナと想いが通じ合ったことがすべてだったから、その後のことは正直、どうでもよかった。

夜が明ける前に帝国を出ようと思った。港に行けば、交友のある商船に乗せてもらえるだろう。二人で海の向こうの国に渡ればいい。

それを止めたのはコルネリア様だ。

「いいから、とにかく私と一緒に行政長官に会って」

断固とした口調で主張するコルネリア様を見てティアナが頷《うなず》いたものだから、俺は焦《じ》れた気持ちでそれに従ったのだ。

結果、そこで聞いた話はティアナをおおいに混乱に陥れたみたいだが、俺にとっては一言でいうとやはり「ユリウスぶん殴る」だな。

正直俺は、この帝国を捨ててティアナと一緒に知らない国に渡るという考えに、未練すらあった。ずっと二人でいられたらいい。これ以上余計な邪魔が入らないなら、むしろその方がいいと思うくらい。

ティアナのすべてを俺の中に取り込みたくて、仕方がなかった。

「んっ……ま、待って、アデル……」

最初はおでこから。

瞼《まぶた》、下まつ毛、頬の上、鼻の頭、頬の下、耳の上の骨のところを甘噛みして、耳の形に添って舌を這《は》わせ、耳たぶを口の中で優しく舐《ねぶ》る。

裸にしたティアナの身体に自分の身体を重ねて、あさましく擦《こす》り付けるようにしながら耳元で囁《ささや》く。

「好きだ、ティアナ」

恥ずかしそうに目を伏せているティアナの身体がわずかに震えて、耳たぶに血が集まるのが口の中で分かった。それくらい分かる。今、俺の細胞すべてがティアナを求めているのだから。

「やめてよ……こ、こんなことしながら、そんなこと言わないで……」

「嫌だ」

唇を指先でなぞり、開いたその先に覗《のぞ》く舌先に自分の舌先を当てる。

「は、恥ずかしい……」

煽《あお》ってるのか。

深く口づけ、額同士をくっつけるようにしてそっと唇を離す。

「他にどこか、まだ俺が口をつけていない場所、あるか？」

ティアナの息が早くなっている。

それに負けないくらい、自分の息が、早くて熱い。

反対の耳を舐りながら囁いて、柔らかな胸をなぞり、その先端に口づけた。

「ふっ……」

甘い声。もっと聞かせろ。

胸の先を舌先でなぞりながら片手をティアナの口元に当て、柔らかな唇を開かせる。

「おまえの身体、どこもかしこも……すごく、好きだ」

好きだと言える。思ったことを、そのまま口にしながら愛せる。

その事実だけで、俺は既に昇り詰めてしまいそうになる。

たまらなくなって、ティアナの白い脚を大きく開かせた。

更に下から俺の腹で押し上げて、左右に広げた脚を押さえつける。

「やっ……!?」

こんな明るい部屋の中で、正面からこんな風に見たことはなかったかもしれない。

完全に上を向かせたそこを見下ろす。

俺を魅了するその秘密の場所の向こう、涙目で顔を赤くして見上げてくるティアナと目が合う。

ぞくぞくした。

「まる見え」

声がかすれる。ゆっくりと、舌先で自分の唇を舐《な》めて見せる。

今から、自分がされることを想像させるように。

「ば、ばかばか……やめ……ふぁっ……」

ティアナの声に応《こた》えるように、そこに口づけた。

「ふ、や……ぁ、んっ……」

下からゆっくり舐めて、くち、と開くと、こぷりと奥から、とろけた蜜《みつ》があふれ出す。

中にまで、舌を差し込んでやると、きゅうきゅうと甘く締めてくる。

舌先で探りながら、その上のところを指先でなぞった。

「だめ、や、んっ……」

「だめ？」

口を離して、そのまま体を起こすとニヤリとした。

「好き同士だったら、いいんだろ？」

「!!　……バ、バカ……」

また戻り、今度は小さな芽を舌先で舐め転がしながら、中に指を埋めた。

甘くとろけるその中をゆっくりと擦る。指を埋めたまま体を起こした。

「ひゃ、んっ、だ、め、私もう……」

顔を隠すティアナの手首を掴《つか》み、目を覗き込んだ。

「好きって言って」

「……え？」

涙目でこっちを見るティアナに少し早口で言う。俺もだんだん余裕がなくなってきた。

「さっきから俺ばっかり言ってる。おまえもちゃんと好きって言え」

「な……」

ティアナは目を丸くして俺を見上げて、

「ばか……」

笑顔になったのが嬉しくて、でもちょっと悔しくて、ティアナの中、へその裏あたりを擦る。

「ひゃっ……!!」

「言えよ」

ティアナは、口元に両手の指先を添えるようにしながら、涙目で俺を見た。

「……大好き。ずっと大好き。アデルのことが、世界で一番、誰よりも、だい、好き……」

はいもう限界。

そのままティアナの唇に自分のそれを押し当てて、指をぐりっ!! と回して引き抜く。

「挿れるぞ」

「ま、待って、私もう、力が……」

「大丈夫、まだ何度でもいけるから」

押し当てて、ぐりゅっ……と。俺を、俺だけを受け入れてくれる、そして一生俺だけのものの、ティアナのその場所に、俺は、俺だけを押し挿れた。

「愛してる、ティアナ」

繋がったところからじんじんと、かき毟《むし》るような快楽と疼《うず》くような幸福感が込み上げる。

「たとえおまえが、嫌だと言っても……二度と、おまえを放さない。俺は、絶対、二度と……おまえを、泣かさないから」

「泣くのなんか、平気」

ティアナが俺の頬を、両手でそっと包んで見上げてくる。

「今までだって、これからだって……いくら、泣くことがあっても構わないの。アデルと一緒なら、いい。その後、アデルと笑えるなら、私、それでいいの……」

泣きそうになる。いや、俺は既に泣いているのかもしれない。

ティアナの指に自分の指を絡めて、今日何度目か分からない口づけを、彼女の唇に落とした。

「アデル!!　一緒に中で食事をしないかい?」

アリータ地方から帝国東部の大都市・ハイルバンを繋ぐ街道は、この十二年で見違えるほど整備され、街道沿いに点々と、宿屋や飯屋が集まった宿場町ができている。

中でも比較的大きなその町で、俺たちは初日の夜、予定通り休息を取ることになった。

ハイルバンの帝国直轄《ちょっかつ》騎士団に入団するため、十八年暮らしてきたアリータ公国を出発したのは早朝のことだ。

ハイルバンへは適切に馬を休ませながら走らせて丸二日かかる。

在学中、騎士コースの代表としての任務や入団手続きで訪れたことはあったが、いざ本拠地を移すために向かうとなると、本当に、うんざりするほど遠く感じる。

厩舎《きゅうしゃ》で愛馬に食事をとらせ、出てきたところで声をかけられた。

「いい。持ってきたのがある」

ユリウスの方をちらと見て、手元の荷物を少し上げた。

ティアナが今朝、出発の時に渡してくれたものだ。

昼のぶんと、夜のぶん。残りを思い切り噛みしめて食べたいと思っていた。

「そうなの？　それじゃ僕もなにか買ってくるよ。一緒に食べよう！」

走っていくユリウスを、宿屋の裏口から出てきた下働きの少女がうっとり頬を染めて見ている。

俺はうんざりして、その場を離れた。

今回ハイルバン騎士団に所属するのは、俺たちの学院からは俺とユリウスの二人だけだ。一緒に行く気なんか少しもなかったのに、今朝、家族とティアナに見送られて出発しようとした時、コルネリア様を伴ったユリウスが当然のような顔をして現れたのだ。

宿場の裏手、土手に座って膝《ひざ》の上で包みを広げると、昼とはまた少し違うメニューの、ティアナが作ってくれたものがこまごまと詰まっていた。

添えられた小さな袋には、あの焼き菓子。ここは、昼と変わらない。

食べるのが勿体《もったい》ない……。

あと二週間はこれを食べることができないのかと思うと、今すぐ馬に飛び乗って、来た道を逆走しそうになる。

あの町にいる、ティアナと……そのお腹《なか》に宿った、小さな命のもとへ。

最後の最後、ティアナの出発を直前に控えた日の繋がりで、俺たちの間についに命がやってきた時には、俺はもう信じられなくて舞い上がり、冷静になってからは自分の強運に打ち震えた。もうこれから先の人生、俺は一度も賭《か》けに勝てないのだろう。でもそんなことはどうでもよかった。

ティアナは大急ぎで、大学進学を遅らせる手続きをした。妊娠が理由なら、再試験はだいぶ通りやすくなるのよと教えてくれたけれど、俺はとにかくティアナの身体が心配なのと、このタイミングで自分が彼女を置いて街を出ていかなくてはいけないことが信じられず「それじゃ俺も入団を遅らせる」と言ったのだが、ティアナが鬼のような顔で怒ったので、予定通り出発することになった。

分かっている。

ティアナと俺たちの子と、三人でこれから先の未来を幸せに暮らしていくために、俺が今するべきことくらいは。

親の前だろうが弟の前だろうがティアナの親が出てこようが関係なく、ずっとティアナを抱きしめて、屈《かが》んでお腹を撫でて、立ち上がってまた抱きしめてを繰り返していた俺に、ティアナは最後笑いながら、

「頑張ってね、パパ」

と言って、俺はその言葉を胸に……もう一度ティアナにキスをして、抱きしめて屈んでお腹を撫でて、やっとのことで出発をし、ここまで来たのだ。

「ちょっとアデル、探したよ！」

ユリウスが隣に座ってきたので、もう俺はうんざりを通り越してげっそりしてしまった。

「宿屋にね、美味しそうなパン屋さんが併設していて。覗いていたら、奥さんがなんだかとても安く売ってくれたんだ」

嬉しそうに袋をガサガサするユリウスは、やたら生き生きしている。

「何で口をきいてくれないんだい？　アデル」

おまえと話すと、ティアナと最後に話したことが過去になっていきそうで嫌なんだよ。

それに。

「俺は別に、おまえを許したわけじゃないからな」

あの騒ぎのあと、俺はユリウスを一発ぶん殴る気満々だった。

だけどいざ数日後、謝罪に現れたユリウスを見ると、なんだかあまりその気はなくなっていた。

人間、自分が満たされると他人のことはどうでもよくなるのか。これが世界平和というものなのだろうか。

いや、それだけではないだろう。

ユリウスもたいがいだが、俺もかなりだったと思ったからだ。

さっさと告げればいい言葉、踏み出せばいい一歩を限界まで逡巡《しゅんじゅん》して、結果、大事な大事な子を不安にさせてしまった。傷つけてしまった。

あの夜、ボロボロになって走ってきたティアナの姿を思い出すたびに、俺はそれまで自分が囚《とら》われていたくだらないプライドや恐怖心が、どんなにゴミみたいなものだったのかを思い知らされるのだ。

だから、一方的にユリウスを殴るようなことは、自分のためにしたくなかった。

それに……。

「殴ってくれていいって言ったのに」

「俺が殴ったって、楽になるのはおまえだけだろうが」

ため息をついて丁寧に箱に蓋《ふた》をすると、ユリウスを見た。

「おまえはな、ユリウス。反抗期の子供と一緒だ。みんなから『コルネリア様とユリウス様』として見られ続けることに嫌気がさして、でもそれを真っ向から否定する勇気もない。だからティアナを好きだとか吹聴《ふいちょう》することで精神的な自由を得たような錯覚を抱いていたんだよ。反抗期の子供が母親に甘えているのと同じだ」

俺の言葉にユリウスは目を丸くして、そうかも、そうだね、と大きく繰り返した。

「アデルはすごいね。僕の理解者だ」

やめてくれ。

「コルネリアが、僕のことをあんなに想ってくれていたなんて思わなかった。兄みたいに慕ってくれているだけなんじゃないかと思っていたよ。だって彼女はとても強い人だし、僕の情けないところや弱いところも全部知っているんだから」

「それでおまえなんかを受け入れているっていうんだから本物だろ」

「つがい制度がなかったら、僕たちもっと早くうまくいっていたのかな～」

不意に本質的なことを言われて言葉に詰まる。それは、俺も時々考えることだったからだ。

「どうだろうな。少なくとも……制度のせいには、できなくなるな」

「ねぇアデル！」

ユリウスが、いいことを閃《ひらめ》いた！ という顔で俺を見る。嫌な予感しかしない。

「僕の家の子が男の子で、アデルのところが女の子だったら、つがい同士になるといいね！」

「黙れ」

「もしも、もしもだよ？　いつかつがい制度が撤廃されたら、許嫁《いいなずけ》にしようね！」

「絶対嫌だ。というかなんでうちが女でおまえのところが男なのが前提なんだよ！」

「え——だって、絶対僕の息子なら、ティアナの娘を好きになるし……」

「おまえふざけるな!!」

前言撤回だ。やっぱりこいつは一発殴らないといけないらしい。

ティアナ、いいよな？

見上げると一面の星空。

公国の上にも、帝国の大都市にも。変わらない星空が広がっているのだろう。

ティアナのことを想って、俺はやっぱり……来た道を一気に逆走したくなってしまった。

side. コルネリア「私にできること」

「ごめん、コルネリア。やっぱりだめみたいだ」

丁寧で優しい口づけから始まり、壊れ物を扱うように丁寧に服を脱がせて、かなり長い時間をかけて私の身体《からだ》をそっと撫《な》でてくれていたユリウスが、私の上で小さくつぶやいた。

私はもう、かなり長い間きゅっと目をつぶっていたので、いつその声が聞こえてもいいように覚悟はできていて、だから。

「いいのよユリウス。気にしないで」

明るい声で、言えたと思う。

「あのね、夜会の時に着るドレスを、おばあさまのお屋敷からたくさん取り寄せたの。届いたらみんなを招待して、お披露目をするわ。気に入ってもらえるものがあるといいのだけれど」

服を整えながら、私はことさらに明るい声で話し続けた。

ユリウスは、私に背を向けて白いシャツを着ている。長く伸ばした左手を、しゅる、と袖《そで》に通した。

アッシュブロンドの髪が、窓から差し込む月の光を受けて鈍く光る。

長いまつ毛が頬《ほお》に影を落とすその横顔は、昔私が住んでいたアリータ城にかかっていた絵画に描かれた天使のように、美しい。

思わず見とれてしまったけれど、視線を上げたユリウスと目が合ってしまって慌てて俯《うつむ》いた。

「ドレス、たくさんあるだろう？　管理は大丈夫？　コルネリア、そういうの苦手でしょ」

ユリウスが優しく微笑《ほほえ》んだので、

「大丈夫よ、ティアが手伝ってくれるって言うから……」

その名前を出してしまったことに気付いて、私はふっと下を向く。

そんな私の頭をユリウスは優しく撫でて、

「明日の問診は僕が出て、僕のせいでできなかったことをちゃんと伝えておくから。だから、心配しないで」

離れの部屋を出ていく時、ごめんね、と小さくつぶやく声が聞こえる。ドアが閉まった瞬間、ぽろりと涙がこぼれてしまい、ブランケットを顔に押し当てた。

いっそ私のせいだと言われた方が、ずっとずっと、楽になれるのに。


私の名前はコルネリア・アリータ。十二年前までこの地方を治めていた小さな国・アリータ公国の最後の公女。公国は地図から消えて、城を明け渡した私たちアリータ家には、もう何の力も残っていない。

だけど、公国の貴族だったみんなは、変わらずに私のことを大切にしてくれた。

帝国から派遣される役人の子息たちに目を付けられがちな私を子供の頃《ころ》から守ってくれて、帝国が教育システムの一環として組み込んでいる「成人の儀」の「つがい制度」なんて理不尽な制度を目の当たりにしても、誰《だれ》一人、帝国を受け入れたお父様の選択を責めるような方はいなかった。

「コルネリア様がそのままでいてくださる限り、アリータ公国は滅んでいないって思えるんです」

いつだったか、伯爵家のティアナ・クラインが眩《まぶ》しそうに私を見上げて言ってくれたことがある。

彼女のまっすぐな笑顔に、私の心がどんなに救われてきたか分からない。

そうやって私は、周りのみんなのおかげで今までとても幸せに生きてきたのだ。

罪を背負っているはずなのに守られてばかり。その罰が今当たっているんだわ、と思う。

十八歳になった私は、愛する人にどうしても抱いてもらえない、という誰にも相談できない悩みを抱えている。


「コルネリア様、あの焼き菓子、今までで一番上手《じょうず》に作れたんです。これ、よかったら」

ティアナが、頬を染めて私に小さな包みを差し出してきた。

元からとても可愛《かわい》らしかったティアナだけれど、最近、すごく綺麗《きれい》になったと思う。

深い緑の瞳《ひとみ》がキラキラと輝き、頬もピンク色。

「ありがとう。そういえば昨日、アデルがあなたを探しに来たわ。ちゃんと会えた?」

何かを思い出したのか、ティアナの頬が真っ赤になる。

「え、あ、はい……あ、ありがとうございます!」

可愛い。

思わず笑顔になってしまう。

子供の頃から、いつもいつも真っ先に私のところに駆けつけて、守ってくれるティアナ。

素直で、考えていることが全部顔に出る彼女がアデル・ベルガーを好きだってこと、私はもう、ずっと前から分かっていたの。

そして、いつからかまるでユリウスと競うように私の騎士として振る舞ってくれているアデルの方も、いつだってティアナを目で追っていることくらい、私はもうとっくに気付いていたのよ。

だから、そんな二人がつがいになったと知って、とても嬉《うれ》しかった。

そう、純粋に嬉しかったの。

決して、これでユリウスが、ティアナではなくて私を見てくれるから、なんて邪《よこしま》な気持ちではなかったはずなのに。


ユリウス・ハーン。ハーン家は、代々アリータ家に騎士団長として仕えてくれている家系で、同い年の私とユリウスは、まるで双子のように一緒に育てられてきた。

本当に幼い最初の頃は、ユリウスのことを女の子だと思ってしまっていたくらい、彼は繊細な美しさを持つ子だった。今も、宮殿に飾られる彫刻のように綺麗。

ユリウスは、何でも私のことを分かってくれる。

黙っていてもすべてを先に、私自身より早く理解してくれて。

私の手を取り、怪我《けが》をしないように。嫌な思いをしないように。わがままにも付き合ってくれる。

公国を失ったあと、お父様やお母様が密《ひそ》かに一番心配していたのは、公女であった私が、つがい制度で好きでもない男の人のものになることだったのだと思う。

その長年にわたる心配は、彼らの一番理想的な形で解消されたんだわ。

私のつがい相手は、ユリウスだったのだから。

私も他《ほか》の女の子たちと同じように、つがい相手が誰だか不安で仕方がなかったから。だから相手がユリウスだと分かった時は、背中に羽が生えて空に飛んでいくような気持ちになったの。

でも。

ドキドキしながら迎えた「成人の儀」当日、そしてそれから三回目の挑戦となった昨日の夜に至るまでも。

ユリウスは、一度も……私を、抱いてくれないでいる。


「そう……昨夜も、だめだったの……」

私の報告に、先生は気づかわしげに眉《まゆ》を寄せて、小さなため息をついた。申し訳ない気持ちで、肩身が狭くてたまらなくなる。

ユリウスは自分が報告すると言ってくれたけれど、それだけですべて済ませるわけにもいかない。

何も言えなくて俯く私に、初日から問診をしてくれている女医の先生は温かいお茶を淹《い》れてくださった。

「申し訳ありません……お手間を、おかけしてしまって」

「いいのよ、あのね、大きな声では言えないけれど、毎年こういうことはあるの。そうそう思った通りにみんなが、初日からうまくいくわけではないわ。もちろんそういうことは公《おおやけ》にはされていないけれど」

確かに、公にするとみんなの中に「失敗してもいい」という意識ができてしまうのでしょう。後がない気持ちで「成人の儀」に挑むのとは、大きな違いになるはず。

実際、私たちがうまくいっていないことを把握しているのは、担当の医療機関の方々だけで、私たちの親も、私がまだ清い体のままだなんてこと、夢にも思っていない。

でも、いくらなんでもこのままでいたら。そのうち、行政官が出てくるようなことになったら……。

心がきゅっとなる。

俯いた私を慰めるように、先生が言う。

「思いつめたら駄目よ。こういうことは、心にすごく影響を受けるの。体の準備はできていて、頭でも覚悟はできているのに、心が追い付いていなくてできないってこと、本当によくあるわ」

心が追い付いていない……。

それは、ユリウスのことなのでは、ないかしら。

先生のところを辞して、屋敷に帰るために馬車に乗る。

寮に外泊届を出しておいて良かった。みんなの笑顔を見ることがせつないなんて、こんな気持ちを抱いてしまう私は、なんて罪深いのかしら。

きっと今頃、おばあさまのところからたくさんのドレスが届いているはず。そうしたら、みんなを集めて衣装合わせをするのよ。

夜会が、ずっとしたかった。

アリータ公国がなくなったのは私たちが六歳の頃。

公国の最後の頃はとてもせわしない時間が過ぎていて、夜会が催されるようなこともなくて、私たちの記憶には、そんな華やかな夜の記憶はほとんどない。

だからこそ。

帝国の支配の下で、それでも私のことを気づかいながら一緒に学校生活を送ってきてくれたみんなと、最後に楽しい夜を過ごしたかったの。だから、ユリウスに無理を言って手配をお願いしたんだわ。

馬車から見える夕暮れの空が、にじんでいく。

でも、本当は。

私はただ、騎士団長に愛される公女のように、ユリウスと夜会で踊ってみたかっただけなのかもしれない。

みんなを口実に、ユリウスに必要とされる夢を見たかっただけなのかもしれない。

ごめんなさい、ユリウス。

あなたはとても優しくて……少しだけ、弱いひと。

私はそれを、よく知っている。

なのに気付かないふりをして、ずっとあなたのそばにいられると喜んでいた。

公国がある頃から、そして滅んでのちすらも、私のそばにあることを当たり前とされて、そしてつがいになったことで、未来までも私に囚《とら》われてしまったユリウス。

「ごめんなさい……」

涙がぽたりと膝《ひざ》に落ちた。

私たちの学年の女子で、唯一大きな街の帝国大学への進学を勝ち取ったティアナ。

自分のしたいことを決めて軽やかに飛び立とうとする彼女に、私という存在に縛られたユリウスが憧《あこが》れを寄せるのも、とても分かるの。

それは、私に向けられているものより、ずっと愛情に近いものなの。

お願い、神様、私がユリウスのためにできることを教えてください。

私にできる、彼を幸せにできること。

なにかあるなら、私……なんでも、するから。

馬車はゆっくりと、屋敷への坂を上り始めていた。

書籍版書き下ろし

side. ユリウス「最後の使命」

僕は早熟な子供だったと思う。

祖国・アリータ公国がスキニア帝国の支配を受け入れたのは僕たちが六歳の頃《ころ》だけど、僕はその前後の出来事を、多分同世代の誰《だれ》よりもつぶさに覚えているのだから。

大人《おとな》たちの顔から笑顔が消えていき、ゆったり過ごしていた時間が慌ただしく流れるようになっていった。我がハーン家は公国の騎士団長を代々務めていたのだけれど、父上と訪れる城の中、大人たちが難しい顔で話し合っている様子を、僕は陰からそっと見ていた。

そんな時僕は、いつもコルネリアと一緒だった。

僕より半年遅く生まれた公国最後の公女・コルネリアが不安そうに僕を見る。

僕は彼女の手をキュッと握ってあげて、子供部屋の扉を閉めた。侍女に絵本を読んでもらいながら、壁にかかった歴代大公の肖像《しょうぞう》画をぼんやりと見上げていたのを、ついこの間のことのように覚えている。


あれから十二年が経《た》って、僕たちは十八歳になった。

そして、帝国が決めた「つがい」として、僕は今夜、コルネリアと身体《からだ》を結ぶ。

「ユリウス、疲れたでしょう？　今日はもう帰った方がいいわ」

二人だけの客室で、コルネリアが静かに微笑《ほほえ》む。こんな時でも彼女は僕を気づかってくれるのだ。

夜会が開催されたのは昨日の夜。

コルネリアがどうしても開きたいと心を尽くした夜会は大成功だったけれど、後半からの騒ぎの印象が強すぎて、夜会自体はひどく昔のことのように思えてしまう。

夜会で、僕とコルネリアが本来のつがいではなかったことが分かり、そこから更に色々なことがあって、僕たちは結局、つがいのままでいることを選んだ。

アデルとティアナはいつの間にか姿を消し、僕の胸で泣いていたコルネリアは、落ち着きを取り戻して少し気まずそうな表情になり、お茶を淹《い》れてくれている。

「取り乱してしまって恥ずかしいわ。ティアナたちに明日、もう一度謝らないとね」

少しだけ赤くなった目元を指先で押さえて、コルネリアは控えめに唇の両端を上げた。

大きく感情を揺らすことはない。いつだって優しく微笑んで、僕を、公国の幼馴染《おさななじみ》たちを、優しく見守ってくれている。ずっと変わらない、いつものコルネリアだ。


帝国が公国に侵攻してくるらしいという情報が早い段階で大公のところにまで伝わってきたのは、恐らく大公の弟君・エッカルト様の働きだろう。それは彼の密告というより、無駄な戦争を避けるための帝国の戦略ともいえた。

その時、当時の大公、コルネリアの父親と僕の父親がまず検討したのは、皇帝と縁続きになることだった。皇帝には多くの子息がいたが、その何番目かにコルネリアを嫁がせる話が出ていたのだ。

アリータ公国には、美しく整った容姿を持つ人間が多いと言われていたらしい。

海に面して古くから異国の地が混ざってきたからだという説や、かつてこの地に妖精《ようせい》の一族が住んでいたなどという伝説のようなものまで、理由は諸説あるらしいけれど、よその国の間では有名な話らしかった。

自分たちではあまりよく分からないけれど、その後帝国から派遣されてきた子供たちが僕たちを一目見て怯《ひる》んだような表情を浮かべていたのを考えると、あながち嘘《うそ》ではないのかもしれない。

父上たちは、その価値を最大限に活《い》かして、その中でも抜きん出てアリータらしい美貌《びぼう》を極めた幼いコルネリアを、顔も知らない皇帝の息子に嫁がせることを考えていたのだ。

その話を立ち聞きした後、僕は子供部屋で遊ぶコルネリアの両手を握ってぼろぼろと泣いた。

何も分からずに不安そうに僕を見上げて涙を拭《ふ》いてくれるコルネリア。幼く清らかで優しいお姫様のコルネリアがそんな目に遭うだなんて、あまりに理不尽だと思った。

だけどコルネリアは、父親たちから命ぜられたらそれを受け入れるだろう。

公国を救うために、生贄《いけにえ》になるお姫様。

それなら僕も、帝都に付いていこう。コルネリアを一生守る、騎士になろう。

僕は心に決めた。

今思うと、あれが初めて僕の中に芽生えた、騎士としての自覚だったのかもしれない。

「コルネリア」

ティーカップを置くと、テーブルの向こうに座る彼女の手に、そっと自分の手を重ねる。ぴくりとコルネリアが身体を震わせたから、僕は少し笑いそうになってしまう。

「今日は帰らないよ。僕は今、君をすごく抱きたいんだ」

僕を見上げる青い瞳《ひとみ》、その目元が赤く染まっていく。


コルネリアの政略結婚の話は、結局実現することはなかった。

彼女自身に告げられる段階にも至らなかったことを思うと、公女一人が輿《こし》入れしたところで帝国の侵攻は止められないと大公が踏んだのか、もしくは単純に彼の親心だったのか。

アリータ大公が城を帝国軍に明け渡した日、父上は屋敷の書斎からずっと出てこなかった。

母上や使用人が不安そうに立ち尽くす部屋の扉の奥からは、時折ものを投げつけるような音が響いてきた。

僕は、みんなが止めるのを振り切って部屋の扉を開いた。

頭を抱えるようにして椅子《いす》に腰をかけた父上の膝《ひざ》の上には、短剣が載っていた。

先代のアリータ大公に贈られたという父上の宝物だが、繊細な細工が成された鞘《さや》は床に転がっていて、抜き身のままの刃《やいば》の部分が銀色にぎらりと光って見えた。

「ユリウスか」

父上が椅子から滑り落ちるように床に両膝をつく。僕の両肩をぐっと掴《つか》んだ。

「いいか、国がなくなっても何も変わらない」

目が血走っている。僕は父上に気付かれないように、床に転がった短剣を片手で部屋の隅へと滑らせた。

「おまえは、コルネリア様を守り続けろ。それが、それだけがハーン家に最後に残された使命だ。頼んだぞユリウス。お願いだ……」

父上は強くて堂々としてみんなから尊敬されて、世界で一番偉大な人だった。

その父上が、六歳の僕の両肩に手を置いたまま、絞り出すように声を漏らしている。

その光景は、僕の心に深く刻まれた。

——コルネリア様を守り続けろ。それだけが最後の使命だ。

その言葉と共に。


コルネリアの身体をそっと抱き上げる。

細くてすらりとして、余分なものは何もついていないように見える彼女の身体だけれど、触れると温かくて、とても柔らかい。

客室から続きになっている扉を開くと、大きなベッドがある寝室へと繋《つな》がっているのは知っている。

そっとベッドに横たえさせると、彼女は戸惑ったように見上げてくる。

そうだね、君と寝室を共にしようとするのは、これで何度目だろう。でも、こんな風に君を抱き上げて、逃がさないつもりで体の左右に両手を突いて見下ろすのは、初めてかもしれない。

「ユリウス」

戸惑うように名前を呼ぶコルネリアの唇をふさぐ。カチリと歯がぶつかってしまった。顎《あご》を引いて、もう一度。今度は深く、口づける。


公国はなくなり、僕たちは帝国の支配下に入った。

その年入学した帝国学院は、想像していたより公正なシステムで僕たちの才能をくんでくれて、帝国の役に立つ人材、という前提ではあったけれど、僕たちは学びと鍛錬の機会を得ることができた。

それでも母国を失ったことは、幼い心に影を落とす。

そんな時、旧公国の貴族子息令嬢たちにとっての心の支えはいつだってコルネリアだった。

コルネリアが微笑み、受け入れて、赦《ゆる》す。

それがなによりも彼ら彼女らを安心させた。

コルネリアは誰に言われるでもなく、自分の役割を理解していて、いつしか「コルネリア様がいる限りアリータ公国は滅ばない」とまで謳《うた》われる存在となった。

そのたび、彼女の隣でおまけのように「ユリウス様」なんて呼ばれながら、僕は思い出す。

あの時たった六歳で、公国のすべてを背負って帝国に嫁がされそうになっていたコルネリアを。

「コルネリア様がいる限りアリータ公国は滅ばない」というのは、美しい言葉を着せているだけでそれと同じなのではないだろうか。彼女一人にすべてを背負わせて、みんなが救われようとしている。

どうしてコルネリアは笑っていられるのだろう。

僕には、彼女を守ることなんてできやしない。

だって、僕なんかより何百倍も、君は強いじゃないか。


ボタンを外していく。一つ、二つと外すたびにあらわになる、真っ白な肌。控えめな胸のふくらみの隆起が見えると僕は残りのボタンを乱暴に引っ張って外した。

コルネリアが驚いたように僕を見上げたけれど、その胸の先に親指を当てて軽く弾《はじ》くと「はっ……」と声を漏らした。その声に自分でも驚いたように目を丸くして、真っ赤になって唇を噛《か》む。

「ごめんなさい」

「なんで謝るの？」

「変な声を出したわ」

「いいよ、もっと出していいんだ」

ふっくらと覗《のぞ》く薄紅色の先端に、ちゅくりと唇を落とすと、

「ふぁっ」

真っ赤な顔で、声を漏らす。

「だめよ、ユリウス、恥ずかしい……私、変だわ……」

「変じゃない。もっと聞かせてごらん」

ぷくりと微《かす》かに硬さを増す、小さな健気《けなげ》なふくらみを軽く甘噛みした。顔を隠そうとするコルネリアの両手、細い手首を両手で掴んで左右に開く。

覗き込む顔。瞳は潤んで揺れていて、花びらのような唇からは、震えるような息がこぼれている。

「だめ、見ないで、恥ずかしい」

「見るよ。僕は君の、そういう顔がずっと見たかった」

「そんなの……」

コルネリアが微かに首を振る。泣きそうな目で僕を見上げた。

「良かったの？　ユリウス……本当に、ティアを返して、よかったの？」

その唇をふさぎながら、僕が彼女の本当の信頼を得ることができるまで、どれくらいかかるのだろうか、と考える。

アデルの言う通りだ。僕は本当に、だめな男だ。


——コルネリア様を守り続けろ。それだけが最後の使命だ。

その言葉を胸に始まった学院生活で、僕の目に飛び込んできたのがティアナ・クラインだった。

彼女にとって、コルネリアを守ることは当たり前のことだった。

打算とかプライドとか——使命だとか。そういうものは何も関係ない。公国が既に滅びていることすらも、彼女の前では大きな問題ではないかのようだった。

ただコルネリアが大切だから。笑っていてほしいから。その一心で、自分よりも強い相手にも躊躇《ちゅうちょ》なく立ち向かっていく彼女が、僕にはとても眩《まぶ》しかった。

みんなは言う。ティアナすら言う。僕が、コルネリアの騎士として一番ふさわしい存在だと。

穏やかに微笑んでみせながら、時折僕は叫びたくなる。

違う。僕なんかにそんな資格はないんだ。

誰より強いコルネリア。そんな彼女をまっすぐに守ろうとするティアナ。

僕なんかより、ティアナの方がよほど騎士にふさわしいだろう。

最初は純粋な憧《あこが》れだった。僕はティアナのようになりたかった。

でも、僕がティアナに憧れていることを口にすると、みんなは戸惑ったように僕を見る。そしてそういった目で見られることに、僕は次第に奇妙な心地よさを覚えるようになっていった。

目に見えない何かに逆らえているような、呪縛《じゅばく》に抗《あらが》えているような。

なにかとても背徳的な行為をしているような錯覚すら覚えるのだ。それはやけに甘美な感覚で、愚かで卑怯《ひきょう》な僕を、ひどく安心させたんだ。


滑らかな陶器のような太ももを撫《な》でる。外側から内側へと、つるりと手を滑らせて、更に奥へと進んでいく。閉じようとする両脚を、少し乱暴に押し開いた。

「恥ずかしいわ、ユリウス、そんなところ……」

「恥ずかしい？　尊敬するコルネリア様にも、そんな恥ずかしいところがあるなんて、みんなが知ったら驚いてしまうね」

僕の言葉にコルネリアは泣きそうな顔で赤くなる。

「そんなこと、言わないで」

「ねえ、見ていい？　コルネリアの、誰にも見られたことがない恥ずかしい場所を」

「ユリウス、どうしてそんな意地悪なことを言うの？」

耳たぶも、首筋までも赤くして、コルネリアが涙目で僕を見る。

「そうだね。僕は、本当はひどく意地悪で、残酷で、どうしようもない奴《やつ》なんだ」

白い脚の奥、秘所の入り口を指でそっとなぞる。今まで何度か触れた時には全く感じられなかった潤いが、明らかにそこからあふれてきていた。

「君こそ……本当に、僕でいいの？」

一本目の指をその奥に、つぷりと押し込むとコルネリアが肩を震わせる。このタイミングでそんなことを聞く僕はやっぱり臆病《おくびょう》で、最悪に狡《ずる》い男だと思う。

「僕と君がつがいになれば、アリータ夫妻がお喜びになるとか、公国のみんなが希望を持つとか、そういう風に思ってはいない？」

指の圧力に美しい柳眉《りゅうび》を寄せていたコルネリアが、僕の言葉に微かに目を開く。

「何を言っているの？」

「自分が犠牲《ぎせい》になれば、みんなが安心すると思って……だから君は、僕に抱かれることを受け入れているのではないかなって」

瞬間、コルネリアが両手をぐっと突っ張って、僕の胸を押し返した。

驚いて見下ろした青い瞳の奥に、高温の焔《ほのお》が燃えている。

「ユリウス、そんな風に思っていたの？」

大きく見張った瞳《め》に盛り上がった涙が、つうっと目じりからこぼれた。

「取り消しなさいユリウス。それは、私への……アリータ公国のみんなへの侮辱です」

「コルネリア……」

「どうして分かってくれないの」

くしゃりと、彼女の端正な顔が、見たことがない形に歪《ゆが》む。

「私があんな馬鹿《ばか》なことを……大好きな、大切なティアナを裏切って苦しめるようなことをしてまで、あなたと彼女を結び付けようとしたのは」

ぽかりぽかりと、僕の胸を、彼女が叩《たた》く。

ひどく弱い力だ。

「あんな馬鹿なことをしたのは、あなたを自由にしたかったからよ。だけど、とても苦しかった。だって、だって私は」

泣きじゃくるコルネリアの頬《ほお》に手を当てる。

「私は、あなたのことを愛しているの、ユリウス。ずっとよ。公国があった頃からずっと、初めて会った頃からずっと。私が十二年間、アリータ最後の公女でいられたのは、いつもあなたがいてくれたからよ」

「ごめん、コルネリア、ごめん」

胸を叩いてくる身体を抱きしめた。唇を合わせると、泣きじゃくる彼女の歯が僕の唇に当たって、微かに鉄の味がして、あの日、父上の膝の上から落ちた短剣を思い出す。

「ごめんなさい……」

「謝らないで、コルネリア」

体を起こして、僕は引きちぎるように自分のシャツを脱いでいく。

見上げてくるコルネリアの涙で揺れる瞳を、両脇《わき》に手を突いて見下ろして、脚の間に身体を押し込んだ。

「コルネリア、君の中に僕を挿れたい。君を、内側から感じたい」

さっきなぞった秘裂にもう一度指を当てて、くちゅりと押し開いて、その上の襞《ひだ》に隠れた粒をまさぐる。

「んっ……」

「いい？　コルネリア。全部を僕に預けて。感じるままでいて」

押し開いたそこに、さっきから熱く天を向く僕自身を押し当てて、ゆっくりと挿れ込んでいく。

微かに眉《まゆ》を寄せた彼女が引こうとする腰を押さえて、噛みしめた唇を開かせるように口を付けた。

「っ……ユリウス……」

「大丈夫、痛かったら、僕の背中に爪《つめ》を立てていいから」

「嫌よ、ユリウスが痛いのは……いやっ……」

「いいんだ、コルネリア。お願いだから……」

震える手を僕の首筋に当てる。爪を立てていい。僕のすべてを君の指先に捧《ささ》げるから。

狭く締め付けるその場所に、僕のものを押し入れていく。半分までいったん止まって、コルネリアの息が落ち着いたのを確認すると、そこから一気に突き込んだ。

「はぁっ……」

「入ったよ、コルネリア……」

突いた両手で、シーツを握りしめて息をついた。

「入った……？」

「うん、全部」

「良かった……」

ほどけた声に目を上げると、コルネリアの両眼《め》から、透明な涙がぽろぽろこぼれる。

「良かった、これで私たちも……成人の儀ができたのね……」

ああ、僕が情けないことで、今までどれほど彼女を苦しめてきたのか。不安にさせてきていたのか。

この罪を、僕はどうあがなえばいいのだろう。

「コルネリア、覚えていて」

こぼれる涙に指先を当てて、唇で吸い上げる。

「僕は、僕が抱きたいから君を抱いている、これは、成人の儀じゃないよ。僕たちの意志だ」

「私たちの、意志……」

つぶやいたコルネリアが、涙目のままふんわりと笑った。

「そうね、素敵だわ、ユリウス。私も、あなたに抱かれたかったの」

その言葉に、僕は一瞬で達しそうになってしまって、歯を食いしばって堪《こら》える。

「ユリウス……大丈夫？　なにか、痛い？」

「違うよ、コルネリア。ごめん、動いてもいいかな。君も……気持ちよくさせてあげたいから」

背中を立てて腰を引く。細い脚を抱えるようにして、ゆっくりと斜めに突き上げる。

小刻みに声を漏らしながら眉を寄せるコルネリアを見ると、更に高まるものを感じて、だんだん腰の動きが速まっていく。

唇を噛むコルネリアを見ながら、胸の先端をきゅっと摘まむ。

「あっ……」

「声を我慢、しないで……ほら……」

だんだん速度を上げていく。その場所は、密度を高めて僕の形になって吸い付いてくる。


ぐっと瞑《つぶ》った瞼《まぶた》の裏、僕は膝を突いて、許しを請う。足元に置かれたのは、綺麗《きれい》な彫刻が成された鞘を持つ、あの短剣だ。

まばゆい光の先、美しい白い腕がそっと差し出される。

目を開くと、コルネリアが両手を伸ばして、僕の頬を包んでいた。

その瞬間、僕を縛っていた呪縛が解かれていくのを感じた。

ティアナに憧れていた理由が分かったような気がする。

僕は、彼女のように何にも囚《とら》われずに純粋に、この美しい人を守りたかったんだ。

ああ、コルネリア。

僕はこれから残りの人生すべてを君に捧げるよ。

それはきっと、今までと変わらないかもしれないけれど、でも今までとは、確実に違うんだ。

――コルネリア様を守り続けろ。それだけが最後の使命だ。

ここから先は、使命じゃない。ましてや呪縛なんかじゃない。

僕の意志だ。僕たちの意志なんだよ、コルネリア。

祈りを捧げるようにそっとキスをして、僕は彼女と共に、白い光の先へと越える。

side. アデル「十五歳の決意」

あの頃《ころ》の俺《おれ》は、もうなんていうか、いろいろ限界だった。

腹の中にぐるぐるとした熱い怒りが渦《うず》巻いているみたいで、自分でもそれをどうにもできなくて持て余していた。

ティアナ。俺はおまえともっと、色々な話がしたかっただけなのに。

「アデル！」

遠乗りからそのまま厩舎《きゅうしゃ》に入り馬に餌《えさ》をやっていると、背中から声をかけられた。

「なに」

顔を上げずに答える。今日一日、騎士コースの奴《やつ》らみんなに同じことを聞かれて、いいかげんうんざりしていたのだ。

案の定、隣にやってきた同級生のゲルトとエルマーは、俺の顔を覗《のぞ》き込んで言った。

「おまえ、本当に出るつもりなのか？」

「出るけど」

残った乾草《ほしくさ》の桶《おけ》を持ち上げて洗い場へと歩く俺の後を、二人も付いてくる。

「いや、おまえはそりゃ、最近すごく背も伸びたし力もついたし、馬術の成績はトップだよ？　でも、ちょっと早いんじゃないか？　高等部の最高学年でも出られない先輩がいるくらいなんだし、さすがに立候補は無茶なんじゃないか？」

「別にそんな騒ぐことじゃないだろ。ユリウスだって出るんだし」

「そりゃ、ユリウスはなあ。でもさ、何でもかんでもユリウスに張り合うってのもさ」

立ち止まって二人を振り返る。

「ユリウスが出るんだから俺が出たってなにも不思議はない。もういいだろ」

そのまま、まだ何か言いたそうな二人を残して、俺は足早に立ち去った。

何をそんなに騒ぐ必要があるんだ。

三日後、今学期を締めくくる騎士コース伝統のトーナメントが開催される。

俺は、そのメインとなる競技、馬上槍《ばじょうやり》試合に立候補した。

中等部からの参加が認められたのは、俺とユリウス・ハーンの二人。

立候補の理由？　放《ほう》っておいてほしい。

俺がいつものように、ただ闇雲《やみくも》にユリウスに張り合おうとしているとみんなは思っているんだろう。

別に誰《だれ》にどう思われようと構わないが、もっともっと単純で、だけど俺にとってはものすごく重要な動機があるんだ。

トーナメントの花形である馬上槍試合には、学院中の生徒が見物に来る。

頬《ほお》を染めて、めちゃくちゃ可愛《かわい》い笑顔でユリウスのことを応援するだろうティアナ・クラインの姿を、試合を補佐する従者役として競技場の片隅で見つめるよりは、自分も鎧《よろい》をまとって馬の上に乗っていたい。そしてあわよくば一瞬でいいから俺の姿をティアナの目に焼き付けたい。

ただそれだけが、あいつらの言うところの「無茶な立候補」の理由のすべてだった。


「自分が小さすぎて嫌になる」

「え？　アデルの何が小さいって？」

無意識に口をついて出た言葉に、隣でランチを食べていたユリウスが瞬きをした。

翌日の昼休み。俺たちは、高等部の校舎に併設されたカフェテリアにいる。

「俺は別に何も小さくない。ていうかなんでわざわざこんなところで昼を食わないといけないんだよ」

「あ、コルネリア、ここだよ」

ユリウスが手を振った方を何気なく見て、思わず二度見してしまった。

カフェテラスの入り口、金色の長い髪をなびかせながら俺たちに手を振るコルネリア様。その後ろに、ティアナの姿が見えたからだ。

「ユリウス、ごめんなさいお待たせして」

微笑《ほほえ》んで、コルネリア様が俺の正面に座る。

ティアナは俺を見て、俺がいることを聞いていなかったのか目を丸くして、それから少し唇を尖《とが》らせるようにして横を向き、黙ってユリウスの前の席に座った。

いつもの表情だ。

「全然。アデル、コルネリアがね、トーナメントの時に僕たちを応援する横断幕を作ってくれるって言うんだよ」

「横断幕……」

「だって、中等部から馬上槍試合に出ることが認められるなんてすごいことでしょう？　私たちも精一杯応援したいの」

「いや、横断幕を作る必要はなくないですか」

「いいんじゃない？　帝国派の高等部生はそろいの甲冑《かっちゅう》を特注したらしいし、僕たちもそれくらいしてもらっても」

「――アデルも出るの？」

黙って聞いていたティアナが、眉《まゆ》を寄せて俺の方を見た。

「あ、ティア、私も昨日ユリウスに聞いたばかりなのだけれど、アデルも立候補したらしいのよ。まだ中等部なのに二人も参加が認められるなんてすごいことだわ。だから一層盛り上げないと、って」

「アデル……大丈夫なの？　学期末のトーナメントの馬上槍試合って、かなり本格的なものでしょう？　高等部の騎士コースでも一部の人しか出られないっていう……去年見たけれど、すごくみんな、体も大きかったし」

怪訝《けげん》そうにこちらを見るティアナ。

ユリウスが出ることには疑問を抱かなかったけれど、俺が出ることにはそんなに引っかかるわけか。

ふぅん、そうか。そうですか。

ぐるぐると、俺の中でまた、いつもの熱いものが渦を巻き始める。

「先生が、俺の成績を見た上で参加を認めてくれたんだから問題ないだろ」

「でも、去年は落馬して怪我《けが》した人もいたわよ。アデル、あの中に入ったら一番小さいんじゃないの？　無理だよ」

「おまえみたいなチビに言われたくねーよ」

「私がチビなのは関係ないでしょ!!」

叫んで椅子《いす》から立ち上がったティアナが、周りの高等部生の視線を感じたのか赤くなって唇を噛《か》む。

「ティア、これは僕らにはチャンスなんだよ。これだけ大きなトーナメント戦で結果を出せたら、成績にも大きく影響する。僕たちは騎士コースで絶対トップを取らないといけないんだ」

ユリウスが言って、コルネリア様とティアナを見た。

「――アリータ公国の騎士としての誇りにかけて」

「ユリウス様……」

ティアナはユリウスを見て、すとんと椅子に座り直した。

俺の言葉には聞く耳を持たなかったくせに、ユリウスの言葉は素直に受け入れるんだな。

「って訳だ。そんなに反対なら、おまえは俺の応援なんかしなくていいから」

トレイを持って立ち上がる。

「ていうかおまえに応援なんかされたら気持ち悪くて普段できることもできなくなる。余計なことするなよ」

あぁ、こういう時だけ俺の口はすごくよく回るのだ。

うんざりしながらも、コルネリア様が悲しそうな顔で俺たちの方を見ているのに気付き、自分の子供っぽさに嫌悪感を覚えた。

「すみませんコルネリア様。横断幕、楽しみにしてます」

だから、更に心にもないことを言って取り繕う。

どうしてこうなってしまうんだろう。

こんなにティアナに応援してほしいのに。応援しなくてもいいから、ただ見てほしいだけなのに。

そのために立候補したのに。

どうしてそう言えないいんだろう。

――無理だよ。

ティアナの声が心に突き刺さったまま、グリグリと抉《えぐ》ってくる。

ふざけるなよ。

俺はこの一年で背も伸びたし、毎日の訓練のおかげで筋肉だってすごく付いたんだ。

ティアナに見せてやりたい。そんな機会は、多分一生来ないけれど。


「帝国派の生徒たちが、僕たちが出ることをこころよく思っていないみたいなんだ」

トーナメント前日。明日のために体調を整えておくようにと言われ、珍しく日が暮れる前に学院の門をくぐった俺に、隣を歩くユリウスが言った。

「帝国派の高等部生が、僕たちの出場は不正だとか憤っているらしくて」

「想定の範囲内だろ」

別に驚くことじゃない。

「試合は一騎打ちなんだし一瞬で勝負が決まる。姑息《こそく》なことを仕掛けてこれるようなものじゃないから問題ない」

「そうなんだけどね……」

心配なのは帝国派の中等部の生徒なんだ、とユリウスは声を落とす。

「先輩たちの意志を忖度《そんたく》して、何か余計なことをしないかなって。ほら、普段から僕たちに因縁付けるきっかけを探しているような一派がいるじゃない？　だからコルネリアにも、あんまり派手な応援はしない方がいいかもって話したところ」

俺は立ち止まり、校舎の方へと踵《きびす》を返した。

帝国派の顔色を窺《うかが》って、やりたいことを控えるというのは間違っていると思うが、まあ、横断幕での応援がなくなるなら、それはそれに越したことはない。

「アデル、どこに行くの？　コルネリアの馬車に乗っていかない？」

「やっぱり厩舎に寄ってから帰る」

「え、じゃあ僕も……」

「帝国派なんかどうでもいい。明日俺が勝ちたいのは、ユリウス、おまえだ」

立ち止まって振り返ると、ユリウスは緑色の瞳《め》を丸くして俺を見た。

「え、僕？　どうして？」

「俺は絶対、おまえに勝つ。『アリータ公国最後の騎士』の称号は俺がもらう」

言い捨てて、ユリウスに背を向けて歩き出す。

ちょっと、かっこつけすぎたかもしれない。でも、俺にとっては本心のすべてだ。

ティアナの視線も気持ちも。俺が欲しいものをすべて持っているユリウスに、一泡吹かせてやりたい。

その姿を、ティアナの目に映すことができるのなら、それはたまらなく最高なことじゃないか。


学院の北側に広い敷地を割《さ》いてつくられた馬場は、明日のための飾り付けが終了して、人気《ひとけ》なく夕暮れの中にたたずんでいた。

柵《さく》を越えて奥の厩舎に入る。手袋をつけながら目を上げると、俺の馬の馬房の柱に何か白いものがぶら下がっているのが見えた。

――袋？

手に取って開くと、小さな包みと「アデル・ベルガー様」と書かれたカード。

「それ、コルネリア様からじゃないわよ」

一瞬のうちに色々なことを妄想した俺の背中から、冷《さ》めた声が飛ぶ。

振り向くと、隣の馬房の陰からティアナが出てきた。スカートについた乾草をパンパンと払っている。

袋に気を取られて全く気付かなかった。迂闊《うかつ》すぎる自分にも、いきなり登場したティアナにも本当に驚いて、いつものペースを取り戻すのに時間がかかってしまった。

カードをひっくり返すと、「コルネリア・アリータ」の署名。

俺の知っているコルネリア様の字ではない。

「さっき、ディルク・ノイマンたちが置いていったの。お菓子だかサンドイッチだか知らないけれど、多分食べたらお腹《なか》が痛くなるやつだわ」

「――マメというかなんというか……とりあえずあいつら、俺のこと馬鹿《ばか》だと思っているな」

「コルネリア様からって書いておけば、喜んで食べるとでも思ったんじゃない？　アデルなら」

少し鼻の頭にしわを寄せて、揶揄《からか》うように笑うティアナ。残念だが俺はそこまで無条件に忠誠心が強いわけではない。まあ、ティアナの名前が書いてあったらどんなに怪しくても食べたと思うが。いや、今はそれよりも気になることがある。

「おまえはここで、何をしていたんだ？」

俺の質問に、ティアナの深い緑の瞳《ひとみ》があからさまに泳いだ。

綺麗《きれい》な瞳だ。いや、そうじゃない。

「私はその、本を読んでいただけだよ？」

手にした革張りの本を胸元に持ち上げてみせる。

「厩舎で？　こんな時間に？　隅に隠れるようにして？」

俺の矢継ぎ早な追及にティアナはふっと息をついて、拗《す》ねたように俯《うつむ》いた。可愛い。いやそうじゃなくて。

「だって、帝国派がなにか仕掛けてくるとしたら今日でしょう？　馬になにかされたら取り返しがつかないし」

「おまえ、見張っていたのか？　一人で？」

はぁ、とため息をつく。いやこいつならやりかねなかった。気が付いてよかった。

「おまえ……仮にも伯爵令嬢だろ。厩舎で乾草の中に潜んでいるとかクライン伯爵が聞いたら泣くぞ」

「結構快適だったのよ？　暖かいし、馬は好きなの」

知ってる。

だけど俺は、開き直ったように言うティアナにイラっとした。

「そういうことじゃないだろ。ディルクたちにこんなところで見つかったら、何されるか分かったもんじゃない」

「平気よ。私はまだまだ、喧嘩《けんか》じゃ負けないし、逃げ足だって速いんだから。犯罪を告発する時に一番確実なのは、目撃者が証言することなのよ？　――それに、私アデルに」

右手をぐっと握りしめて力説する、その細い手首を俺は掴《つか》んだ。

ティアナが肩をびくっと震わせて俺を見上げるのが、差し込んだ夕焼けの光に照らされる。

手首はやたら細くて、少し力を入れたら折れてしまいそうだった。

「あいつらは確かに弱い。だけどおまえよりは強い。大人《おとな》しく家に帰れ」

「私は」

「こんなことしてもユリウスは喜ばねーぞ」

「っ……私は……」

ユリウスの名前が出されたからか、ティアナは怯《ひる》んだように下を向いた。

胸がチリリと痛む。

おまえに嬉《うれ》しい顔をさせるのもせつない顔をさせるのも、いつだってあいつなんだな。

「違うわ、私は……」

何か意を決したかのようにティアナが顔を上げて口を開いた時。

「ニィィィィ～～～～～」

俺たちの隣で大人しく乾草を食べていた、俺の愛馬が大きな口を開けていなないた。

ティアナの髪が、馬の盛大な鼻息でぶわっと広がって顔にかかった。

そのタイミングの良さに、俺たちは顔を見合わせて……思わず笑ってしまった。

「何だよおまえ、髪ぐしゃぐしゃ」

「アデルこそ。もうやだ、ハリオンたら」

笑いながらティアナが発した名前に俺は目を丸くする。

「その名前……」

「え？　ハリオンでしょ？」

俺の愛馬、ハリオンの茶色い鼻梁《びりょう》を撫《な》でながら、ティアナが笑顔で俺を見た。

俺が父さんから、ベルガー家の元領地で生まれたという若馬のハリオンを譲り受けたのは四年も前、俺たちが十一歳の頃だ。自分の馬がもらえて嬉しくてうれしくて、仲間たちに自慢をして回った記憶がある。

あの頃はまだ、野原を走り回るメンバーにティアナも加わることが多かったけれど。

「よく覚えてたな」

「忘れないよ。だってすごくうらやましかったもの。私も自分の馬が欲しかった」

俺以外にあまり懐かないハリオンが、鼻先をティアナの頬に押し付けるようにして甘えている。

おまえ、主人と趣味が合うな。でもあまりティアナを舐《な》め回すなよ。

「最近はお父様も乗せてくださらないの。レディは馬車に乗りなさいって。馬車は楽だけれど、風を感じて馬に乗るのだって、私大好きなのに」

「乗るか？」

ティアナは驚いたように俺を見た。

「そこで少し乗るくらいならいいだろ」

「いいの？」

背伸びをするように俺を見上げたティアナの頬が、紅潮していく。

そんな風にまっすぐに彼女が俺を見てくれることなんてほとんどないから、何気なく提案しただけなのに、自分がすごく大胆なことを言ったような気がして心が浮き立った。

「別に。俺が引いてやってもいいし」

「あ、でも」

ティアナは自分の服を見下ろす。膝《ひざ》下までのワンピース。学校の制服のままだった。

「……この格好じゃ、馬に跨《また》るのはちょっと無理かも。変な乗り方してハリオンの負担になったりしたら大変だから、やめておくわ」

残念そうに肩を竦《すく》めるティアナ。

いつもだったら、そうか、とすぐに引く。

もしくは、なんだよ嫌ならそう言えよ、と煽《あお》るのが正解かもしれない（いつもの喧嘩の始まりの合図だ）。

だけどその時の俺は、明日の大舞台を前に少しおかしくなっていた。だから。

「それなら」

後で考えるとちょっと信じられない提案をしたのだ。


「すごいわ、アデル！　気持ちいい……!!」

ハリオンはまだ軽快に歩いているという段階だが、ティアナはとても嬉しそうに俺を見上げた。

俺はなんと今、ティアナを自分の前に横向きに座らせて、彼女の身体を挟むように手綱を両手で握ってハリオンを走らせているのだ。前に座らせたら前方が見えにくくなるかと不安だったけれど、俺たちの身長差は結構ついていたらしく、どうにかいけた。

　夢に違いない。

　こういう夢なら何度も見た（その後、厩舎の裏でいやらしいことをするところまでがセットだ）。ティアナが俺に笑顔を見せるだけでも奇跡に近いのに、俺の愛馬に！　ティアナが座って！　体温が分かるくらいの距離に！　ティアナの身体が……!!

「素敵、昔よりも高く感じるわ。先輩たちが乗せてもらっているのを見て、いいなって思っていたの」

　先輩たちって言うのは、十八歳になってつがいが決まった人たちのことだろうか。

　運よく関係がうまくいったつがい同士は、まるで恋人同士のように仲睦《むつ》まじく、共に馬に乗って出かけたりしている姿を見かけることもある。

　ティアナもそういうのに憧《あこが》れているのか。

　今はまだ誰だか分からない、自分のつがいと……。

「きゃっ……」

　思わず手綱を緩めてしまったのでハリオンが軽く跳ねて、ティアナの身体がぐらっと揺れる。

「ちゃんと掴まれよ。落ちるぞ」

　平静を装って見下ろした。

「でも」

「なんだよ」

「あんまりくっついていたりして、誰かに見られたら変な誤解される」

「誰も誤解なんかしないだろ。俺とおまえだぞ？」

「そんなの分からないじゃない。厩舎に誰か来るかもしれないし……」

見下ろしたティアナの頬が少し赤く染まっている。

ああ。ユリウスに見られたくないわけか。

またいつものぐらぐらとした熱いものが腹の底から突き上げてきて、俺の気持ちを背中から蹴《け》り、天国から地獄へとぶち落とす。

両脚で、ハリオンの腹部に圧を加えた。

「きゃっ！」

駈歩《かけあし》の速度が上がり、勢いで俺の身体に身を寄せたティアナが驚いたように声を上げる。

「ちょっと待って、アデル……!!」

いつもそうだ。おまえはいつだってユリウスのことばかり。

なんだよ。そりゃ、確かに背はあっちの方が無駄に早く伸びたかもしれないけど。

俺の方が腕相撲は強いんだからな。

幅跳びは負けたけど高跳びだったら俺の方がかなり高く跳ぶ。

ボードゲームの勝率だって俺の方が上なんだからな。

ハリオンが、張り切ったように歩幅を広げていく。

「やだ、ちょっと!!」

横向きの乗り方に慣れていないんだろう。ティアナがきゅっと俺の身体にしがみついた。

身体の奥から、ぶわっとした、なんだか叫び出したいような衝動が込み上げてくる。

もっと俺に、そうだ俺にしがみつけ。もっとしっかり、俺の胸に……。

ふにょん。

その感触を、胸の少し下に感じた。

柔らかい。弾力がある。ハリオンが跳ねるたびに、リズミカルにぽよんぽよんと俺のへその上に押し当てられては離れ、離れては押し当てられ、と弾んでいる、それ、は……。

視線をそっと下ろすと。

ティアナの制服のウエストの上、スカートできゅっと押し上げられた、その、最近どんどん大きくなってきていると俺が日々確信している暴力的に魅惑的なふくらみが、今まさに俺の白いシャツの上で、ぽにょん、と弾んだところだった。

「きゃぁ!!」

俺がいきなり手綱を強く引いたので、ハリオンが勢いよくブレーキをかける。ティアナは俺にしがみついた。

「どうしたの？　急に止まるからびっくりした……ていうか、いきなりスピード上げすぎだよ！」

「もうおしまい」

「え？」

「もう満足しただろ？　暗くなるし、さっさと帰れよ」

俺の態度が急に硬くなったからだろう、戸惑うように見上げてくるティアナから、目をそらした。

「う、うん……分かった。ありがとう」

本当は俺が先に降りて、降りるティアナに手を貸してやるべきだ。それがレディへの最低限の礼儀だろう。でも今の俺はそれをしない。

座ったまま、顎《あご》で「降りろ」と示した俺の態度に戸惑うように、ティアナはハリオンの首に手をやりながら、滑り降りた。相変わらず身が軽い。

「アデルも、明日早いんでしょう？　もう帰らない？」

取り繕うように笑顔で見上げてくる。

胸が熱くなる。

でも今は、更にもっとずっと、熱くなっているところがある。

「いいから、さっさと帰れって。俺練習するし邪魔だから」

「どうしたの？　アデル、なんだか顔が赤い……」

ティアナが怪訝そうに顔を覗き込んできた。

「こんなところユリウスに見られたくないだろ？　さっさと行けよ」

自分でも驚くほど大きな声で言ってしまった。

ハッとしてティアナを見る。ティアナは目を丸くして、それからゆっくりと唇を噛んだ。

「なによそれ。自分だって見られたくない人がいるんでしょ。それなら最初から乗せてくれなくてよかったのに。アデルのバカ！」

言って、背を向けて駆け出すティアナ。

違う。違うんだ。

違うけど……本当のことなんて言えるわけがない。

去っていく小さな背中を見ながら頭をかき毟《むし》りたくなる。

「ブヒュル……」

「分かってるハリオン、悪かった」

非難するように息を吐き出すハリオンに答えながら、俺は泣きたい気持ちで自分の……股間《こかん》のところを見る。

乗馬用の革のズボンが悪い。体にこんなにフィットするデザインなのが悪い。

ティアナが悪い。あんな風にあんなところを豊かに育てて。俺が散々予想していたよりも、信じられないくらい柔らかくて……でも、すごく弾力があった。

「っ……」

思い出すと、またそこがずくりと疼《うず》いてしまい、前屈《かが》みになる。

仕方ないだろうティアナ。

おまえをほんの少し馬に乗せただけで、瞬殺でこんなところをこんなにしているなんて。知ったら本当に俺と、一生口をきいてくれなくなるだろう。

「最悪だ……」

つぶやいて、憤りをぶつけるように手綱を引き寄せた。

翌日はすごくいい天気だった。

昼前から始まるトーナメントに向けて、講堂の仮設控室で、俺たちは準備を始めた。

乗馬着の上に、ずしりと重いプレートアーマーを装着する。

ユリウスが言っていた通り、帝国派生徒たちはギラギラと趣味の悪い、そろいの金色の装備を用意していた。

トーナメントで使われる槍《ランス》の先端は丸められてはいるが、胸や首を突かれると致命傷になりかねないので、アーマーは、特に上半身に関してはかなりしっかりした作りになっている。

「大丈夫か、アデル。いつも通りクールにいけよ」

旧公国派の先輩が俺のアーマーをチェックしてくれながら言う。

いつも通りクールに、ね。

昨日のことを思い出して、少しため息をつく。俺はいつも全然クールじゃない。

厩舎へと移り馬具を装着していると、ユリウスが馬を引きながら近付いてきた。

「アデル、今日は手加減しないからね」

「いつもはしているみたいな言い方するな」

ユリウスは笑顔で俺を見た。

女たちはこの笑顔にきゃぁきゃぁ言うが、これ、すげー食えない顔だからな。

「正々堂々と戦うことを約束するよ。このアミュレットに誓って」

言って掲げた左の手首には、小さな石が通された細いブレスレットが光っている。

「アデルももらっただろう？　ティアナが作ってくれたんだって」

「そんなもんチャラチャラつけてたら足元すくわれるぞ」

明確な捨て台詞《ゼリフ》を残して、俺はホルダーの金具をガチャリと締めた。

馬場は、競技場としての活気にあふれていた。

中央正面の来賓席には近隣都市の騎士団関係者が並んでいる。素質がある生徒には、卒業を待たずに声をかけることもあるらしい。このトーナメントが騎士コースの高等部生にとって特別な意味を持つ所以《ゆえん》だ。

その周囲の生徒用の観客席で一番いい場所を陣取っているのは当然高等部の生徒たちで、あからさまに帝国派と旧公国派で二分して固まっていた。

以前はこのトーナメントは「帝国派VS旧公国派」でチームが分けられ、団体戦《トゥルネイ》もしていたらしいが、選手の大怪我は当たり前、応援する生徒同士も掴み合いの乱闘になることが続いたため、今では一騎打ち《ジョスト》のみのプログラムとなっていた。

編成も、両派閥を混合で均等に分けた十人ずつのチームが組まれ、一人ずつ勝ち抜きをしていく方式だ。

そして俺とユリウスは、別々のチームの一人目に配置されていた。絶対にぶつかることができるわけだ。

見渡すとメインの観客席の端の方に、遠慮がちに中等部の生徒たちが固まっているのが見えた。

中央にコルネリア様。その隣にティアナ。

横断幕はやめてくれたみたいだが、代わりにティアナはアミュレットを作ったわけか。

ユリウスに。

別にいいけどな。全然欲しくなんかないけどな。

前を通る時、コルネリア様は俺に気付いて小さく手を振ってくれたが、ティアナはすっと横を向いた。

馬場の中央、縦に並んで打たれた柵を挟んで東西に、それぞれのチームが分かれて集まる。

「アデル・ベルガー。本当に出るつもりなんだな」

鐙《あぶみ》に足を駆けてハリオンに跨った時、後ろから声をかけられた。

帝国派の先輩だ。騎士コースの授業で同じになることも多く、以前から難癖をつけてくる。

いつもは相手をすることもないのだが、悪いが俺は今苛《いら》ついているんだ。

「俺と同じチームでよかったですね先輩」

「なんだと？」

「中等部だからってだけでそんなに舐めてるんなら、こんな衆人環視《しゅうじんかんし》の前で俺に負けたりしたら先輩立ち直れないでしょう」

「おまえっ……」

その時、中央に立った教師から合図が上がり、会場がしんと静まり返った。

あちら側からユリウスが進み出るのが見えた。俺も前に出ようとした時だ。

いきなり、横の馬上から伸びてきた腕に、肩をがしっと掴まれた。

不意のことで一瞬バランスを崩しかけたその隙《すき》に、握っていた槍が反対側から奪われる。

「おまえら生意気なんだよ――中等部なんか俺が軽く蹴散《けち》らしてやる！」

さっきの帝国派高等部生が、中央に馬を走らせていった。


結論から言う。勝負は一瞬でついた。

柵の北側を駆け上がってくる先輩に、向こう側で俺を待っていたユリウスは戸惑ったようだったが、それも一瞬のこと。

槍《ランス》を脇《わき》に抱え、勢いよく白い愛馬を柵の南側からユリウスが走らせてくる。柵越しに二騎がすれ違うその一瞬、二人は互いめがけて槍を突き出す。

焦りからか、先輩のタイミングは明らかに早かった。

それを盾で受け流したユリウスの槍が、がら空きになった先輩の喉元《のど》を突く。

槍とアーマーがぶつかる激しい音。

先輩の身体が、吹き飛ぶように馬から落ちた。

砂埃《すなぼこり》が立ち、女子生徒たちが悲鳴を上げる。

地面に仰向けに転がった先輩に、控えていた教師や医師が駆け寄った。

しばらくして、教師が「気絶しているだけだ」という合図を送ると、緊張したように静まっていた生徒たちがわっと歓声を上げた。従者役の生徒が運んできた担架に乗って先輩は運ばれていく。

狙《ねら》っていいのはアーマーでしっかり守られた胸と首だけ。木製の槍の先は丸められ、盾は鉄製で最新のものだ。それでも勢いよく突かれると失神、下手《へた》をすればもっとひどい怪我だってありうるのだ。

女子の中には隣の生徒にしがみついて泣いている子もいる。

でも、この帝国に生きることを受け入れたのならば、この程度のことに怯むわけにはいかない。

特に俺は、望んで騎士コースを選んだのだ。

なんのために？

初等科の頃、コルネリア様を守ろうと帝国派生徒にたった一人で立ち向かっていたティアナの姿を思い出す。

「アデル!!」

中央から自分のチームの陣地にいったん戻ったユリウスが、ぐるりと馬を旋回《せんかい》させて、叫ぶ。

「どうしたアデル・ベルガー！　早く出てこい!!」

凛《りん》とした声が馬場に響く。

前に立つ先輩たちが振り向いて俺を見て、槍を差し出してくれる。

俺はそれを受け取ると、前に進み出た。

観客席がわあっと盛り上がる。

顔を伏せている女子生徒たちの中で、コルネリア様は背筋を伸ばしてまっすぐに俺たちの方を見ている。

ティアナはどうだろう。陰になってよく見えないけれど、でも、あいつも目を伏せることはしない気がする。そうだ、きっとまっすぐ俺たちを見ている。

すうっと息を吸い込んで、俺は馬場の中央へと猛スピードでハリオンと躍り出る。


第一撃は、ほぼ同時のタイミング。

弾《はじ》き返された槍を抱えた右腕と、攻撃を受けた盾を装着した左腕に、強い衝撃が走る。

しびれが一気に脊髄《せきずい》までをも震わせて、馬上から転がり落ちそうになるのを両脚に力を込めてどうにか堪《た》えた。

それでもかなり崩れてしまった体勢を、馬を旋回させながら必死で立て直す。

砂埃が舞う馬場の向こうに見えるユリウスと、スタート時から位置が入れ替わった状態で向き合う。

授業で模擬試合は何度もした。ユリウスとだって一番当たった。

あの時と何が違う？

防具と武器の質、衆人環視の状況、そして——お互いの本気。

攻撃を受けた瞬間のユリウスの目には、殺気すら感じられた。

——上等だ。

ランスレストに槍の重さを預けると、やっと両腕に感覚が戻ってきた。

でも、多分次の攻撃がお互い最後だ。

忌々しいが、俺はさっきの先輩分のハンデをもらっている。ユリウスにとっては次が三戦目。これ以上は奴の腕がもたないだろう。

「次で決めるぞ」

興奮するハリオンの頸《くび》を軽く叩《たた》く。駆け出すと同時にユリウスも飛び出してくるのが見える。

天を割るような歓声を上げる観客席の中、俺たちをじっと見つめるティアナが見えた気がした。

狙いを定め、繰り出した双方の槍が互いにぶつかるその瞬間から大きな衝撃を受ける直後まで、一瞬時間がゆっくりと流れる感覚。

ユリウスの槍は、俺の盾の中央から、ほんの少しずれたところに当たった。

ものすごい力だ。しかし芯《しん》を食らってはいない。そこに隙がある。

俺はとっさに槍をやや斜めにして——奴の喉元を狙った。

手ごたえを感じた。

だけど俺の身体も大きく体勢を崩す。

とっさに槍を捨て、左手と左足をハリオンの胴体に引っかけてどうにか落馬を免れた。

割れるような歓声。騎手を見失って走り続けるハリオン。砂埃がひどい。何も見えない。

一瞬の判断。

俺は鐙から足を引き抜き、同時にハリオンに掴まっていた手を自ら放した。

受け身を取り、回転してすぐ膝を突いて立ち上がる。よし、大丈夫、行ける。

柵の向こう、ユリウスも大きく体勢を崩しながら、その場を旋回する馬の側面から馬上に戻ろうとしているのが見えた。

俺は、腰に差した剣を抜きながら柵に足をかける。柵をなぎ倒すのも厭《いと》わずにそのまま踏み込んで飛び越えた。

一直線にユリウスに向かって走る。

ユリウス。

剣も、馬術も、体術も、座学ですら。

子供の頃から俺よりほんの少し先で、涼しい顔でやってのけてしまう。

そのうえティアナからあんなに眩《まぶ》しそうに見つめられて。

なんだよアミュレットもらったとかふざけんなよ。

ほんっとにおまえ、ムカつくんだよ。

俺に気付いたユリウスが目を見開く。

即座の判断でくるりと回転して馬から飛び降りると、自分も剣を抜き、俺の剣を受け止めた。

ガキン!! 剣がぶつかり合う音と共に、二人の間にぶわっと砂煙が舞い上がる。

――でも認める。

いつか俺が戦場に出る時が来るとして。

おまえが背中にいたならば、きっとすごく戦いやすいだろう。頼もしくも感じるだろう。俺たちは、嫌になるほど息が合う。

だけどそれとアミュレットは別問題だ馬鹿野郎。

おまえがつがいになったらティアナが一番喜ぶんじゃないかとか、そんなこと絶対に思ってなんかやらねえからな。

一瞬剣を引き、いまだ膝を突いたままのユリウスが体勢を戻す前に容赦なく横から斬《き》りつけて——、

「ストップ!!　そこまで!!」

教師の声が競技場に響き渡った。

「なにやってんのよアデル」

競技場の片隅。

喧騒《けんそう》から少し離れた洗い場で足に付いた泥を落としていると、声がかけられた。

まだ先輩たちの競技は続き、観客席からは歓声や悲鳴が絶え間なく上がっている。

「自分から落馬して、そのうえ剣で斬りかかるなんて、あんなでたらめな試合初めて見たわ」

井戸に寄りかかりながら、ティアナは呆《あき》れたような顔で腕を組んでいる。

「あのままハリオンにしがみついていたら、判定で勝てたかもしれないのに」

「うるせーな、そんなすっきりしない勝ち方できるか」

「結果判定負けじゃない」

そう。審議の末、結局俺は負けとなった。ユリウスの二人勝ち抜きだ。

「いいんだよ、あれはあれで」

「でも、本当の戦場だったら」

足を手ぬぐいでぬぐう俺に、ティアナが言う。

「あれが本当の戦場だったら、アデルの勝ちね」

驚いてティアナを見た。試合後に先生からこっそり言われたのと同じ言葉だったから。

「そこまでして、ユリウス様に勝ちたかったの？　どうして？」

ティアナが不意に真剣な目で俺を見た。

「どうしてって……」

ティアナの深い緑色の目が、俺をじっと見つめている。

「俺は、アリータ最後の騎士になりたいんだ。認めてもらいたい人がいる」

俺の言葉にティアナは瞳を少し丸くして、なんだか少し寂しそうに微笑《ほほえ》んだ。

「……アデルがいたら、コルネリア様も安心ね」

――ティアナが、俺を認めてくれた？

舞い上がる俺の心と裏腹に、だけどなんだか、ティアナは微妙な表情をしている。

「ティアナ、おまえ」

「アデルこんなところにいたのか!!」

後ろからうるさい声が飛んできて、俺の言葉をかき消した。

「おまえバカだな、なんで自分から降りたんだよ！　ルール分かってんのか!?」

「でもすごかったぞ、大健闘だ！　あっちにユリウスがいたから合流しようぜ!!」

ゲルトとエルマー、それからたくさんの騎士コースの同級生たちの興奮した声。

そいつらを押しのけて探したけれど、ティアナの姿はもうどこにもなかった。

「――あの時ティアナを追いかけて、俺が認めてもらいたいのはおまえだ、って言えていたら、俺たちの関係は何か変わっていたと思うか?」

あれから三年と少し経《た》った。

窓から差し込む月の光の下、俺たちは同じベッドに横たわっている。

「うーん。信じなかったんじゃないかな。だって私、アデルが必死でユリウス様に立ち向かうのは、コルネリア様に認めてもらいたいからだって、完璧《かんぺき》に思い込んでいたんだもの」

「だからそれ。俺ひとこともコルネリア様を恋愛の意味で好きだとか言ったことないだろ。どうしてそこまで思い込んでいたんだよ」

「恋愛的な意味で好きとか嫌いとか、言わないのが当たり前だったじゃない、私たちは。態度で予想するとなると、そうとしか思えなかったわよ?」

くるまるブランケットからはみ出した、ティアナの白い肩。

あれからいろんなことがあって、俺たちはつがい同士になって、更にいろんなことがあってやっと想いが通じ合い、今、卒業までの時間を一緒に過ごしているところだ。

今日もついさっきまで連続で二回ティアナを抱いて、心地よい気怠《けだる》さの中、不意に昔の話がしたくなったのだ。

「それを言うならおまえこそ、やっぱりユリウスのこと特別に想っているとしか思えなかったからな」

「もう、アデルしつこい」

笑うティアナの唇にそっとキスをする。

甘く柔らかな唇を、味わうように丁寧になぞった。あー、ずっとこうしていたい。

「だってさ、ほら、アミュレット。あの時ユリウスにだけ作ってただろ」

「あれは……」

なぜか、ティアナが可愛い頬を少し赤くした。

「ごめんね。アデルがそんなに欲しがってたなんて思わなかったの。あれはコルネリア様のアイディアで、二人で作ったのよ？　コルネリア様が作ったものの方がずっと上手《じょうず》だったから、それをユリウス様に差し上げて……私の作ったぶんはアデルに渡すつもりだったんだけれど」

「は？　あの時ユリウス、おまえが作ったたって言ってたぞ？」

厩舎で試合前に、あいつはそう言ったのだ。その時の煽るような笑顔も明確に覚えている。

「あいつ本当に食えないな……俺を動揺させようと思ったんだなきっと……」

お見通しってわけか。というかセコすぎないか。どちらにしてもやっぱりあいつムカつく。

髪をくしゃりとかき上げて、それで？　と俺は続きを促した。

「俺のアミュレットはどうしたんだよ」

「だからあのトーナメントの前日、厩舎で会った時に渡そうと思ったんだけど……私の作ったのは、その、ヨレヨレだったし……アデルはきっと、コルネリア様が作ったものが欲しいんだろうなって思ったら申し訳なくてなかなか渡せなくて」

「なんだよそれ、渡せよ」

「そうだよ、思い出した。だってあの日、アデルいきなり怒りだして私を追い返したじゃない！」

記憶をたどっていたティアナが、俺を見上げて唇を尖らせた。

「馬に乗せてくれて夢みたいに嬉しかったのに、いきなり突き放されてすっごく悲しかったのよ。あれ、なんだったの？」

俺は仰向けに天井を見つめたまま黙り込む。沈黙が流れる。それからガバリと身体を反転させ、ティアナの身体を押さえつけるようにして顔を覗き込んだ。

「内緒」

なにか言い返される前に、またその唇をふさぐ。

シーツをはだけさせるとこぼれる白いふくらみを、優しく下から持ち上げて、その可愛い先端にも唇を落とした。

「んっ……」

「これ、俺のだからな」

舌先を尖らせて先端を押し込むように弾くと、ぷくりと色づくそこが愛《いと》おしい。

たっぷりとした重量と、溶けるような柔らかさ。

「ずっとずっと、俺のだから」

「どうしたの？　当たり前じゃない」

くすくすと笑うティアナ。ああ可愛い。すごく可愛い。

たまらなくなって息をついて、

「もう一度するぞ」

「え、ちょっと待って、もう少し休ませて……」

問答無用《もんどうむよう》にブランケットを剥《は》がし、柔らかなティアナの裸に、自分の身体を押し当てていく。

なぁ、十五歳の俺。

おまえが欲しくてたまらなくて、手を伸ばしても届かなくて、いや、手の伸ばし方すら分からなくて地団太を踏んでいたものが、三年後には、こんなにおまえの近くにある。

いつでも触れることができて、こんな風に舐めても……奥の奥までこの指を、おまえのその、おまえ自身にもどうにもならないくらい熱く疼いているものをねじ込んでも……可愛いティアナは受け入れてくれるんだ。

信じられるか？

「っ……」

息を漏らした俺を、ティアナが「どうしたの？」と見上げてくる。

「なんかすげえ……もうイキそう」

目を丸くしたティアナの唇をふさぐ。

幸せが込み上げる。

おい十五歳の俺。知ってるか。

強く欲したものだからこそ、手に入れたら今度は失いたくなくなる。

絶対に絶対に、失いたくない。世界を敵に回しても、俺は絶対にティアナを失わない。

だからおまえは……俺たちは、死ぬまでずっと、強くなり続けないといけないんだ。

そういう意味では俺は何も変わっていない。ひたすらに強さを求めた、おまえは正しかったんだよ。

「ティアナ、アミュレット作って。俺も欲しい。すごく、欲しい」

三年越しにやっと素直に言えたその言葉に、ティアナは笑って頷《うなず》いて。

「あのトーナメントの日、心配で、怖くてたまらなかった。だけどアデル、ものすごくかっこよかったわ」

ああほら、十五歳の俺に聞かせてやりたい。

――いや駄目だ、それすら勿体《もったい》ない。俺だけのティアナ。俺だけの……勝利の女神だ。

「そして五年後」


「アデル、ティア!!」

船と港を繋《つな》ぐステップを降りた時、行き交う人たちの中からひときわ涼やかな声が飛んできた。

「ああよかったわ。人がいっぱいいるから見つけられないのではないかと思ったの。お帰りなさい！」

腰までの長さだった美しい金色の髪は、肩にかかるくらいに短くなっていて、それでも私を見つめて微笑《ほほえ》んでくれる慈愛に満ちた表情は、あの頃《ころ》と少しも変わらない。

「コルネリア様、お久しぶりです！　お会いできてとっても嬉《うれ》しいです!!」

潮の香りを含んだ強い風に帽子が飛ばされないように片手で押さえながら、私は懐かしい、大切な人のところに駆け寄った。

私たちの美しい故郷、十七年前までアリータ公国があった場所。

今日、私は二年半ぶりに、この場所に帰ってきた。

愛するつがい相手・アデルと、愛《いと》しい一人娘のリゼットと一緒に。

「てっきり、馬車や馬で帰ってくると思っていたのよ。とても驚いたわ」

「帝都からだと、陸路も海路も日数は変わらないんです。それなら一度は船に乗って移動してみたらいいってアデルが」

「四日間でしょう？　船酔いは大丈夫だった？」

「子供の頃から私、船酔いは全くなかったんですよ、ねえそれよりコルネリア様、その髪型とっても似合っています」

両手を繋ぎ合わせたままに止まらない勢いで話し始めた私だけれど、後ろから「おい」と呆《あき》れたように声をかけられてハッとする。

「ああアデル、久しぶりね、長旅お疲れ様。創立祭での演武披露を受けてくださってありがとう」

「いいえ、普段あまり来られなくて申し訳ありません」

「いいのよ、あなたたちの活躍は学院の誇りだもの。まあ、あなた、リゼットね。大きくなって!!」

アデルに抱きかかえられている私たちの娘リゼットが、コルネリア様をじっと見上げる。

「父さま、おろしてちょうだい」

言われてアデルが地面に膝《ひざ》を突いてそっと腕の中の娘を地面に下ろす。まるで姫にかしずく騎士みたいで何度見ても笑いそうになってしまう。

「こんにちは、コルネリアさま。リゼット・ベルガーです。お会いできて、とってもうれしいです」

お気に入りの赤いワンピースを両手で摘まんで、ちょこんと膝を曲げるリゼットを見て、コルネリア様は目を丸くした。

「まあ、こんにちは、リゼット。なんてお行儀がいいんでしょう。生まれた時はティアにそっくりだったけど、今見ると目の感じがすごくアデルだわ。なんて、なんて可愛《かわい》らしいのかしら」

瞳《め》を潤ませて私たちを見るコルネリア様のスカートの両端から、その時大きな丸い緑色の瞳《ひとみ》が覗《のぞ》いたので、今度は私が言葉を失う番だった。

「まあ、コルネリア様、なんてこと……ああ、どうしましょう……」

アッシュブロンドのわずかにカールした髪、緑色の大きな瞳。白いつややかな肌と薄紅色の頬《ほお》。まるで天使がそのままふわりと地上に舞い降りたような二人が、全く同じ姿で立っている。

「子供の頃のユリウス様……そ、そのまんまだわ……!!」

「うふふ、そっくりでしょう。ほらご挨拶《あいさつ》して」

コルネリア様に促されて、スカートの右側の陰から顔を出した方が、恥ずかしそうに私を見上げる。

「こんにちは、ジュリアンです。ようこそアリータへ」

潤んだ瞳でお行儀よくご挨拶されて胸が撃ち抜かれる。赤ちゃんの時も天使だったけれど、四歳になった今の破壊力ときたら……!!

「まあ、こんにちは。ほらリゼットいらっしゃい。ご挨拶して」

背中をそっと押して促すと、リゼットはさっと片手を差し出した。

「よろしくね」

ジュリアンと握り合って放した手を、リゼットはなぜか不審げにじっと見る。そっと開くと、中から緑色の蛙がぴょこんと跳ね上がり、リゼットの顔にぺたりと張り付いた。

「きゃあ!?」

次の瞬間、不意に左側からもう一人が飛び出してきた。リゼットの赤いスカートが、ぶわっとめくり上げられる。

「ふん、帝都にかえれ!!」

あかんべーをして踵《きびす》を返す。すかさずジュリアンもその後を追って走り出す。

目を丸くしたリゼットの顔がぐにゃりと歪《ゆが》むのと、

「待ちなさいライアン、ジュリアンも、許しませんよ!!」

聞いたことがないような鋭い声をコルネリア様が放つのと。

並んで駆けていこうとする二つの小さなアッシュブロンド頭の首根っこを、恐ろしい目をしたアデルが両手で容赦なく摘まみ上げたのが、ほとんど同時の出来事だった。


「すごいな、それで兄さんは機嫌が悪いんだ」

泣きじゃくっていたリゼットも、その後たどり着いたアデルの実家・ベルガー家での大歓迎にすっかり機嫌が直った様子だ。

私の両親も合わせて四人のおじいちゃんおばあちゃんを侍《はべ》らせて、ケーキやクッキーを次から次へと食べている。ちゃんとディナーはお腹《なか》に入るのかしら。

「アリータ家の双子でしょう？　二人とも地上に舞い降りた天使のように美しくて、でも中身は地獄から這《は》い上がってきた悪戯《いたずら》小悪魔だって、この町のみんな知っていますよ」

アデルの弟のウィムが、楽しそうに笑った。

「呪《のろ》いだな。よく考えたらあの父親でまともな息子が育つわけがない。不用意にリゼットに近付けた俺が馬鹿《ばか》だった」

アデルが、腕組みをした指先をトントンさせながら言う。

「ユリウス様は昨日着いて、今日の昼間、僕との打ち合わせは済ませたんだよ。今夜兄さんたちが着くって言ったら、挨拶にいらっしゃるって」

普段は帝都で暮らしている私たちが、今回はるばるアリータ地方まで二年半ぶりに帰ってきたのは、私たちの母校の帝国学院創立記念祭に、ユリウス様とアデルが先輩代表として招待されたからだ。二人は帝都騎士団の代表として、生徒会長のウィムと共に演武を披露する。

ちなみにコルネリア様は今やこの地域の名士として学院の運営陣とも繋がりが深く、今回の式典の主賓でもあるそうだ。

「ふざけるな。親子そろって出入り禁止だ」

「アデル、少し落ち着いて」

帝都からお土産《みやげ》に持ってきた葡萄《ぶどう》酒をグラスに注いでアデルに手渡した。

「相手はまだ四歳の子供じゃない」

「ティアナ、娘が凌辱《りょうじょく》されたんだぞ、そんな簡単に許せるわけが……」

「凌辱って……。スカートめくりはともかく、蛙を使った嫌がらせって、なんだか私とても懐かしいなって思ったわよ?」

何のことだと言うように眉《まゆ》を寄せたアデルが、ふわっとヘーゼルの瞳を開いた。

「え? なに、兄さん、ティアナさんに蛙をぶつけたことでもあるの?」

ウィムが面白そうに笑いながら身を乗り出す。

「私にじゃないわ、なんとコルネリア様の机の中に。それも初等科に上がってからよ？　あの子たちよりずっと大きくなってから」

「え、それじゃ因果応報《いんがおうほう》ってやつじゃない。でも、どうしてそんなことしたの？」

「違う」

微《かす》かに頬を赤くして、アデルはグラスの中のお酒をくっと飲む。

「違わないでしょ。宝物の蛙をあげたかったたって言ってたじゃない」

アデルは少し息をついて、それから開き直ったように私の腰に手を回す。

「俺《おれ》が宝物をプレゼントしようと思ったのはおまえだよ、ティアナ。言ってなかったっけ。あの時は、入れる机を間違えただけだって」

「アデル……」

「俺がなにかを贈りたいと思う相手は、子供の頃からおまえだけだ」

腰をくいっと引き寄せて、ちゅ、と唇を優しくふさいでくれる。

「あーもう、相変わらず目の毒だよね、兄さんたちは」

ウィムが呆れたように言う声が、背中から聞こえた。


その夜、ベルガー家とクライン家がそろった食事会が、ベルガー家の中庭で開催された。

それは両家の祖父母が孫娘のために企画した心づくしの夜会で、庭の木々にくくり付けられたランタンと秋の月が優しく照らす中、テーブルには、ばあやたちが作ってくれた懐かしい料理が所狭しと並んでいる。

「ティア、アデル」

ベルガー家の家令が連れてきてくれたのは、ユリウス様とコルネリア様、そして子供たちだった。

コルネリア様の胸には、これまたとてつもなく可愛い赤ちゃんが抱かれている。

「この子、私たちの長女のマリアンヌよ」

「まあ、マリアンヌ。はじめまして。ティアナよ」

コルネリア様がマリアンヌを抱かせてくれた。もぞもぞと動きながら私を見上げるとても大きな青い瞳。

「ティアナ、昼間はこいつらが本当にすまなかったね。君たちのお姫様に謝罪をさせる機会を与えてもらえないだろうか」

ユリウス様が、双子の頭を両手でぐりぐりしながら私に頭を下げてくる。

「そんなもんしなくていいから永遠にリゼットに近付くな」

「アデルそんなこと言わないでよ。僕たちだって過《あやま》ちを犯したことはあるだろう」

「人聞きの悪いことを言うな」

わちゃわちゃと騒ぎながら男四人が庭の中央へと歩いていくのを見送って、私とコルネリア様は近くの椅子《いす》に腰をかける。

頬を押してくる、マリアンヌの柔らかな手が心地いい。

「いいな、私もまた赤ちゃん欲しくなっちゃう」

「ティア、三年で大学を卒業できるだなんて本当にすごいわ。卒業後はお医者様になるの？」

「あと二年くらいは、もう少し研究をしたいなって思っているの」

「すごいわ」

マリアンヌがコルネリア様の方に両手を伸ばす。それを受け止めて抱き上げながら、コルネリア様は私を見た。

「私、あの頃……ティアがうらやましかった」

「えっ……」

「あなたのことが大好きで、そしてとても、うらやましかった。そして今は、あなたは私の、ううん、この町の女の子たちの希望だわ。私、講演会でよくあなたのこと自慢しちゃうのよ」

優しい瞳で私を見るコルネリア様を見上げて、私は言葉が継げなくてただただ頭《かぶり》を振った。

「そんなこと。私はただ、目の前のことを一つひとつ必死でやってきただけです」

あっぷー、と可愛い声で言って、マリアンヌがコルネリア様の頬を撫《な》でる。

「私がこの町を出てもやっていけるのは、アリータ公国の人間として恥じることになってはいけないという気持ちがあるからだわ。私こそ、大変な時はいつもコルネリア様のこと、思い出しているんです」

コルネリア様が、ゆっくりと瞬かせた青い瞳を、微かに潤ませる。

「ティア、ありがとう……」

「お母さま!!」

不意に威勢のいい声がして前を向くと、両脇《わき》に小さなユリウス様……もとい、ジュリアンとライアンを引き連れたリゼットが立っている。

「どうしたの。二人と仲直りしたの?」

「あのね、二人が私をつがいにしてくれるって」

隣に座るコルネリア様の肩がびくりと跳ねるのが分かったので、慌てて言う。

「えっと、リゼット、それって……」

「僕ら、和解したんです」

「リゼットは、帝都からきたいけすかないやつかと思ってたけど、ちがうって分かったから」

大人《おとな》びた口調のジュリアンと威勢のいい話し方をするライアンが、先を争うように言う。

「リゼット、すごく可愛いし、僕たちのつがいにしてあげてもいいかなって」

「僕ら帝国でえらくなって、自分のつがいを自分で決められるようになるからさ」

二人が両脇からそれぞれ、リゼットの両手をスッと持ち上げて、手の甲に軽くキスをした。

「ジュリアン、ライアン、勝手なことを言うのはやめなさい! ごめんなさいティア、もう、本当にきつく叱《しか》っておくから」

「いいんですよ。素敵じゃない、どうするのリゼット、どっちを選ぶ……」

「どちらも永遠に選ぶことはない」

三人の子供たちの背後から、ものすごく恐ろしい形相のアデルが近付いてくる。その更に後ろから、葡萄酒のグラスを片手に持ったユリウス様も。

「やだなあアデル、若者の恋愛に横やりを挟むのは野暮ってものだよ」

「……そうだな。じゃあユリウスでいい。代理決闘《おまえ》だ」

「やめてお父さま。私、やっぱりお父さまのつがいになるから!!」

リゼットが叫んでアデルの足にしがみつく。

「お義父さまをこえたら僕たちのこと好きになってくれる？　リゼット」

「お義父さまをやっつけるの、二人がかりでもいい？　リゼット」

ジュリアンとライアンがアデルの前に回り込んだ。

アデルは双子をひょいと押しのけると、膝を突いてリゼットの頭を撫でて、苦しげに答える。

「愛してるよリゼット。でもごめん、父さんのつがいは、ティアナだけなんだ……」

「すごいよアデル、一貫してるね」

ユリウス様が、感動したよ、と両手を広げる。

「だがおまえたち三人は絶対にうちのリゼットには近付けないからな!!　あとお義父様と呼ばれる筋合いはない!!」

アデルの叫びに私は思わず、堪《こら》えられなくて吹き出してしまう。ユリウス様も、仁王立ちになっていたコルネリア様も笑いだして……。

アリータ公国の夜空に、私たちの笑い声はいつまでも響き渡っていた。

「ティアナ」

その日の夜。遊び疲れてぐっすり眠ってしまったリゼットをベルガー家の客用寝室のベッドに寝かせて、アデルと二人、テラスに出た。

「ティアナがこの屋敷にいるのが、いまだに不思議な気持ちになる」

アデルがそっと、私の腰を引き寄せた。

「もう一緒に暮らして三年近く経《た》つのに？」

「よその町で暮らすのと、ここで感じるものは別だろう」

髪を優しく撫でて、そっとかき上げて額に唇を寄せる。

「五年前のことを思い出す。卒業までの間、二人でこの町のあちこちを見て回った時のこと」

「そうね、すごく楽しかった。ね、明日の式典が終わったら、リゼットを色々なところに連れていってあげましょう？」

「いいけど……」

ちょっと視線を庭に向けて、それからまるで、今思いついたかとでもいうように言った。

「でもそうだな、両親たちもリゼットに会えて喜んでいるから、リゼットを預けて、それで俺たち二人でゆっくり回るのもいいよな」

思わず笑ってしまった私の腰を更にぐっと引き寄せて、深く唇を合わせてくれる。

あの頃と何も変わらない、アデルは大胆で強引で、そしてとても可愛いままだ。

「この町は懐かしいけど、ユリウスが増殖したような悪ガキがいるのが落ち着かないから、早めに帰るか」

「その話だけど」

絶対に怒るだろうな、と思いながら、私はさっき帰りがけに、コルネリア様から聞いた話を披露する。

「春から、双子を帝都にやりたいってコルネリア様が。ここで傍若無人《ぼうじゃくぶじん》になりすぎる前に、広い世界で揉《も》ませたいんですって」

「……は？」

「ほら、ユリウス様も、春からはアデルと同じ帝都の騎士団員でしょう？　だから、しばらくはユリウス様と三人で帝都で暮らさせて、マリアンヌがもう少し大きくなったらコルネリア様も帝都に移るかもって。——あの双子、リゼットと同じ帝国学院に通うことになるかもしれないわね」

「ふざけるな、絶対に認めない」

テラスの手すりをアデルが叩《たた》く。このまま飛び降りて成敗しに行ってしまいそうだ。

「あら、でもリゼットのことを守ってくれる頼もしい騎士になりそうよ？　それに面白いじゃない。あんな風に、自分のつがいを自分で決める、なんて断言してくれるの」

アデルはふうっと息をつく。きっと彼も、そう思っていたのだろう。

あの子たちが「成人の儀」に臨むまであと十四年。その頃帝国は、私たちはどうなっているのだろう。「成人の儀」は、まだあるのだろうか。私たちは、あの子たちのために変えていけているだろうか。添い遂げる相手を自分で選べるような、そんな世の中に。

「ね、アデル」

アリータ公国の月の下、ダークブロンドの髪にヘーゼルの瞳。ずっとずっと変わらない、私の大好きな人。

「アデルは永遠に、アリータ公国最高の騎士よね」

アデルは私を見て、瞳をふっと細めて微笑んだ。

「違うな」

抱き寄せて、キスをする。

「俺はティアナだけの騎士だ。今までも、これから先も、永遠にな」

あとがき

物心がついた頃から、ケンカップルが好きでした。

何度ケンカをしても互いへの強い気持ちゆえにまた向き合い、懲りずに愉快なケンカを繰り返しつつ、それでも少しずつ二人の距離は近付いていく。

児童文学から教科書の中、歌詞の中からCMの中まで、ありとあらゆるコンテンツにおいてそういうケンカップルを探し出しては、深く頷く人生でした。

理想のケンカップルを探し求めた旅路の末、それならいっそ書いてしまおう、と思い立ったのが昨年の夏です。それからちょうど一年後、こうして一冊の本にまとめて頂けるなんて、ケンカップルの神に祝福された気持ちでおります。

さて改めまして、このたびは、「伯爵令嬢は犬猿の仲のエリート騎士と強制的につがいにさせられる」（略して「きしつが」）をお手に取って下さいまして、誠にありがとうございました。茜《あかね》たま、と申します。これが私の、初めての本です。

せっかくですので、それぞれのキャラクターの今後について少しだけ。

ティアナはこれからも、守るべき存在を胸に抱えてアデルにしっかりと背中を守られて、やりたいことに邁進していくのだと思います。目標を定めたらぶれない人です。アデルもぶれません。ティアナと幸せでい続けることを最優先事項に、そのためなら、やばいくらいの努力もちっともいとわない人なので、ずっとあの調子で帝国内でのし上がっていくのでしょう。

ユリウスは、書籍版で書き下ろし短編を書かせていただいたことでやっと向き合ってくれた印象です。本編を経て、もしかしたら一番変化があった人かもしれません。アデルとティアナが大好きなので、今後もずっと傍でつきまと……粘着……見守り続けることでしょう。

コルネリアも、もしかしたらこの先、アリータ地方を出てからが彼女の人生の本番となるかもしれないです。きっと彼女にとっては喜ばしい日々が待っているのだと思います。

書籍版書き下ろしで登場したティアナたちの娘リゼットは、どんなレディに成長するのでしょう。ユリウスJr.の双子たちは彼女の両脇に騎士として並び立ち、周囲を牽制しながら、そしてお互いを最大のライバルとして、更にどんどん強くめちゃくちゃかっこよくなっていくのでしょう（しかしその前に常に大人げなく立ちふさがるアデルパパ）。想像すると、とっても楽しいです。

こいつまだケンカップルについて語ってるな、という感じで恐縮ですが、ケンカップルにもいろいろな派生形や発展形があると思いますので、これからもさらに追究していきたいと思います。ケンカップルの道はまだ果てしなく奥深く、だけどその中でも、ティアナとアデルは私にとって、ずっと特別な存在です。

そして他にも大好きなものはたくさんあって、両片想い（人類の宝）とか主従（同性でも異性でも）とか、自業自得の男とか耐える男とか耐えられない男とか。溺愛男子も大好きですが、クズみのある男等も挑戦してみたい気もします。でも、クズだけど結局溺愛するのかもしれません。そういうことを考えるのも大好きです。

鈴宮《すずみや》ユニコ先生による「きしつが」コミカライズも連載中です。コミカライズのおかげで、「きしつが」はとても多くの方に知っていただけました。もしもまだ読んでいない方がいらっしゃったら、もう本当に素晴らしいのでぜひご覧下さい!!

そしてちゃっかり宣伝で恐縮ですが、拙作「夜這いを決意した令嬢ですが間違えてライバル侯爵弟のベッドにもぐりこんでしまいました」も一迅社様でコミカライズ&書籍化企画進行中です！　また、お会いできる日を楽しみにしております。

最後にやはり、謝辞をお伝えさせてください。

ＷＥＢ連載当時、この作品を読んで下さった皆様。翌朝拝見する嬉しい感想に、通勤電車の中、何度も泣きそうになりました。

この作品をいち早く見つけてお声がけ下さった、一迅社ゼロサム編集部I様。頓珍漢な質問ばかりする私を辛抱強くご指導下さった、ノベル編集部N様。

ティアナたちに、素晴らしいビジュアルを与えて命を吹き込んで下さった、鈴宮ユニコ先生。先生によるアデルの設定画を拝見した夜、ほとばしる興奮のまま一晩で書き上げたのが、本書に書き下ろしとして収録している「十五歳の決意」です。

編集部の方、デザイナーの方、印刷会社の方、宣伝や販売ご担当の方、紙版も電子版も流通に関わって下さった方々。そしてもちろん何よりも。

今、この本を手に取って読んで下さっている皆様へ、最大級の感謝を込めて。

二〇二一年夏　茜たま

伯《はく》爵《しゃく》令《れい》嬢《じょう》は犬《けん》猿《えん》の仲《なか》のエリート騎《き》士《し》と強《きょう》制《せい》的《てき》につがいにさせられる

茜 たま

2021年8月5日　初版発行
2021年9月6日　第二刷発行

著者　茜 たま

発行者　野内雅宏

発行所　株式会社一迅社
〒160-0022 東京都新宿区新宿3-1-13　京王新宿追分ビル5F
電話　03-5312-7432（編集）
電話　03-5312-6150（販売）
発売元：株式会社講談社（講談社・一迅社）

印刷・製本　大日本印刷株式会社

DTP　株式会社三協美術

装丁　モンマ蚕（ムシカゴグラフィクス）

ISBN978-4-7580-9385-9

●本書は「ムーンライトノベルズ」（https://mnlt.syosetu.com/）に掲載されていたものを改稿の上書籍化したものです。